お人好し底辺テイマーがSSS《ランク》聖獣たちともふもふ無双する

OHITOYOSHI TEIHEN TAMER GA SSS RANK
SEIJU TACHITO MOFUMOFU MUSO SURU

Author
大福金
daifukukin

Illustration
たく

スバル
SSSランクのグリフォン。
友人の銀太に偏った
知識を吹き込む。
かつての主を慕っている。
銀太
SSSランクのフェンリル。
伝説の存在の割に、
性格は天然。
ティーゴと『使役《テイム》』の
関係になる。
ティーゴ
巻き込まれ体質の
心優しき魔物使い。
『使い獣』のいない
落ちこぼれだが、実は
秘められた才能を持つ。
Main Characters
登場人物紹介

冒険者パーティ【深緑の牙】
メリー
弓使い。
ガストン
リーダー兼戦士。
ミナ
魔法使い。
エリック
魔法騎士。

???
スバルの知己である
三人組。
その正体は……？
デボラ
使い獣の装備を売る商人。
本来はエルフだが、
普段は人族に化けている。

1　この世界のジョブ

この世界では十二歳になると、自分に合ったジョブが決まる。

これは神からのギフトとされ、この時に人生の勝者になれるか敗者になるのかが決まるのだ。

みんな、華やかなジョブを希望するが、ギフトは神次第。

シシカ村に住む俺——ティーゴは、今日、ジョブを決める十二歳の洗礼式で【魔物使い】のギフトを貰った。

花形ではないが、色々な動物や魔物を使役《テイム》出来ることが嬉しくて、俺は魔物使いというジョブに期待しワクワクしていた。

ちなみに、魔物というのはゴブリンなどの、魔力を持つ人型の生物のことで、同じく魔力を持つ獣を魔獣と呼ぶ。魔物使いはどちらのタイプも使役することが可能とされている。

教会からの帰り道を軽い足取りで歩き、家の戸を開く。居間に入ると、家族みんながソワソワとした様子で待っていた。

「ただいまー」

「お帰りティーゴ！　ジョブは何をギフトされたの？」

母さんが心配そうに聞いてくる。

俺は少し照れ臭くなって、思わず笑ってしまう。

「ふふっ、魔物使いだよ」

「おーっ、これまた面白いジョブを貰えたな！」

父さんが自分のことのように喜んでくれる。

「えーっ！　良いなぁ、私も可愛い動物テイムしたいなぁ」

妹のリムが魔物使いのジョブを羨《うらや》ましがる。

母さんはリムに「大きくなったらね」と声をかけた後、俺を席に座らせた。

「今日はティーゴのお祝いに、スペシャル料理を用意したからね。さぁ、パーティー始めるよ」

「「わー!!　やったー！」」

人生で一番豪勢なんじゃないかと思うくらいに、手の込んだ料理が沢山並んでいる。こんなに祝ってもらえるなんて……！

父さんとリムが早速チキンにかぶりつきながら、顔を綻《ほころ》ばせた。

「母さんの料理は一番だからね」

「美味《おい》しいねー」

俺も二人に頷いて、チキンを頬張った。

「本当に！　修業に出たら母さんの料理が食べられないのが唯一の悩みだよ」

「もう……みんな褒《ほ》め過ぎ！」

ふふっ、幸せだ。

家族みんなで、俺がどんな魔物使いになるのか、いっぱい話をした。父さんはよっぽど今日のことが嬉しかったのか、お酒の瓶をもういくつも空《から》にしている。

「母さんはな？　かなり凄腕の戦士でな。綺麗でみんなの憧れだった。俺は母さんの武器を作れることが何よりの誇りだったんだよ」

そんな父さんの姿を見て、俺はクスリと微笑んだ。

酔っ払ってきたら、毎回父さんはこの話をするんだよな。

俺の父さんは鍛冶師《かじし》のジョブをギフトされ、今はシシカ村で鍛冶屋をしている。

母さんは戦士のジョブで冒険者をしていた時、父さんに武器を作ってもらう内に父さんに惚れて、猛アタックして結婚したという。

それが父さんの自慢だ。

母さんも満更でもなさそうで、酔っ払うと毎回二人で惚気《のろけ》話をしている。

そんな二人は俺の理想の夫婦だ。

★　★　★

ジョブが決まると、十二歳で家を出て、みんな学校に入って修業を始める。二年間の修業が終了し、それから一年後に十五歳になると成人となり、ジョブでお金を稼ぐこともできるようになる。

例えば冒険者登録をして、世界を旅しながらお金を稼いでいる奴もいる。

だからこの二年間の修業は、これから先の人生のための重要な時間なのだ。

俺と一緒に洗礼式に出たシシカ村の仲間が、四人いる。

洗礼式の翌日、俺達は集まってそれぞれのジョブを報告し合った。

ガストンは【戦士】、ミナは【魔法使い】、エリックは【魔法騎士】、メリーは【弓使い】と、みんな人気ジョブがギフトされた。

「俺、戦士だって！　夢みたいだ……花形ジョブだぜ！」

ガストンが興奮気味に話す。

「私だって！　魔法使いよ！」

「私の弓使いだって、花形じゃないけど人気なんだから！」

ミナとメリーも負けずにジョブをアピールする。

「俺の花形ジョブ、魔法騎士を忘れてもらったら困るぜ？」

興奮気味に話す仲間達を、俺は少し口元を緩めて見つめている。

「みんな、良いジョブが貰えて良かったたな」

俺はみんなを褒めた。こんなに喜んでいる姿を見ると、こっちまで嬉しくなってくる。

「何言ってんだよ！　魔物使いも良いジョブじゃねーか！」

「ねー……！」

ガストンとミナがそう言ってくれて、俺もなんだか誇らしい気持ちになる。

この時俺は……まだ見ぬ輝かしい未来を期待していた。


だが俺は一年経っても……修業が終わる二年が経っても、一匹の魔物もテイム出来なかった。

底辺魔物のスライムやゴブリン、犬や猫でさえテイム出来ない。

俺のジョブは本当に魔物使いなのか疑うほどに。

後から魔物使いの修業仲間になった奴は、すぐに馬やオークをテイムして街の人のために役に立っている。

なのに、俺は……！

何でだよ！


悔しさのあまり、修業が終わっても俺は村に帰らず、一人必死に色んなことを勉強した。

寝る間を惜しんで色んな本を読み漁った。何か得る物はないかと俺は必死だった。

だが……貧乏暇なしの俺は勉強ばかり出来る訳もなく、お金を稼ぐために色んな雑用を引き受けて金を稼いでいた。

そんなある日、同じ村出身のガストンが俺を訪ねてきた。

「俺達は十五歳になり、大人の冒険者としてギルドに登録出来るようになった！　それで村出身の仲間で……冒険者パーティ【深緑《しんりょく》の牙】を組むことにしたんだ！　良かったらティーゴも一緒に組まないか？」

ガストンの誘いは有難い。しかし、受け入れるのには気が引けた。

「正直な話、誘ってくれて嬉しい。……だが俺は、魔物使いなのに何もテイム出来ない半端者だ。こんな俺が仲間になったところで、みんなのお荷物になるだけだ」

「何言ってんだよティーゴ。同じ時に洗礼を受けた仲間じゃないか！　一緒に組もうぜ。ミナやメリー、それにエリックも、ティーゴが仲間になることに賛成してる」

みんなが……？　こんな半端者を受け入れてくれるだって!?

「くっ……ガストン。ありがとう……」

思わず涙が滲《にじ》み、俺はガストンに分からないようにソッと目元を拭《ぬぐ》った。

「俺はテイマーとしては半端者だけど、お前達のために一生懸命頑張るよ！」

それからの俺は必死だった。パーティのどんな雑用も引き受けた。

冒険者ギルドの依頼受付、装備の手入れ、ダンジョンの下準備、食料や薬草集め……文字通り、何でもだ。

たまに、「ガストン達に利用されてるんじゃないか？」と他の冒険者パーティに心配されることもあったが、取り合わなかった。

こんな半端者を仲間にしてくれた優しいガストン達が、そんなことをするわけがないと……俺は深く考えもしなかった。

次の日の討伐依頼準備で、寝る時間さえない日も多々あったが……俺はこの生活に満足していた。

★　★　★

パーティを組んで二年が経つと、俺達はちょっと名の知れたBランクパーティになっていた。

そして……。

【深緑の牙】リーダーのガストンが、今回初めて、Aランクダンジョンに挑戦すると言い出した。

チームランクはBだが、一つ上のダンジョンまでは挑戦して良いことになっている。

宿屋の談話室に集まった俺達は、ガストンの主張を聞き終え、思い思いの反応を示した。

「えーっ大丈夫かな。ちょっと不安だなぁ」

「確かに、何かあった時どーするの？」

ミナとメリーが不安を漏《も》らす。

「まぁ落ち着けよ？　今が一番大事な時なんだよ。俺達はBランク冒険者としてかなり有名になった。上のAやSランクを目指すなら、ここらでAランクダンジョンでの実績やクリアは必須になる！」

ガストンは自信あり気に力強く話す。

「確かに。俺達はBランクで終わるつもりはない！　俺は賛成だ」

エリックまで賛同すると、ミナとメリーもそうだよね、と考えを変えた。

「それに、『もしも』の時はあれがあるだろ？」

そう、ガストンが話す。

ん？　あれって何だ？

俺はそんな話聞いてないぞ。

「おいガストン、あれって何だ？」

「んっ？　ああ……ティーゴが気にする話ではないよ。なぁみんな？」

ガストンに促《うなが》され、みんなは食い気味に頷いた。

「そうそう。大した話じゃないよ」

「ティーゴ、ダンジョンの準備、頼りにしてるからね」

「本当だな！　俺達はお前に頼ってばかりだよ」

何かを誤魔化《ごまか》されたような気もするが、そう言われて悪い気はしない。

今日もまた俺は、準備のために必死に街を走り回るのだった。

★　★　★

次の日俺は、ダンジョン攻略の下準備のために朝から走り回っていた。ガストンが明日には攻略を始めたいと言うので、昨日今日でなんとか物資をかき集めた。

今回はAランクダンジョンに挑戦だからな。回復薬は多めに用意しないといけないし、長く潜《もぐ》ることを考えると、食料だっていつもより多く……なんて考えて購入した物を、部屋に戻ってリュックに詰めていくと、パンパンにはち切れそうになってしまった……これを背負って潜るのか。

中々の重労働だな。でもみんなの期待を裏切りたくない、頑張らないと。

そこまで考えて、あっ！　と思い出した。ガストンから武器調整を頼まれていたのに、肝心の剣を預かるのを忘れていた。

手入れをしなければ、明日のダンジョン攻略に響くかもしれない。

俺は慌ててガストンが泊まる部屋に向かう。

一日中走り回っていた俺の足は限界を通り越し、ガストンの部屋に着くまでに何度ももつれて転びそうになった。

はっはぁ……。息を切らして扉の前まで来ると、話し声が聞こえてきた。

んっ、あれ？　どういうことだ？

他の仲間達が部屋に集まっているようだ。

俺は呼ばれていないのに、何でだ？

この時、そんなことしなければ良いのに、少し疑問に思った俺は、部屋の扉の前で耳を澄まして中の様子を窺《うかが》った。

まず聞こえてきたのは、ガストンの笑い声だ。

「今日もクズは役に立ってくれたなぁ！　ギャハハッ」

「本当に！　面倒な準備とか全部クズがやってくれるし！　ちょっと褒めたらホイホイ何でも言うこと聞いてくれるし。本当に楽だわぁ」

「クズのクセにメンバー面《づら》してるところも笑えるし！　ぷぷっ」

「「「それな！」」」

なっ……？　これは何を話しているんだ？　クズって……クズって……。

「本当にクズのティーゴはバカで扱いやすいから助かるわ」

「本当にねー！　あははっ」

「ガストンが初め、ティーゴを仲間に入れるって言い出した時は正気なの？　って思ったけど」

「煽《おだ》てといたら何でも頼み事聞くし」

「そうそう！　ティーゴじゃないと出来ないの！　って上目遣いで言ったらイチコロね」

「使いやすいバカで助かるよ」

「「「それなー！」」」

笑いながら楽しそうに酒を酌《く》み交わす音が聞こえる。

――クズって、俺のことかよ。

……何だよ……結局は裏でバカにされてたのかよ。

俺は仲間に入れてもらえて嬉しかったのに！　みんなのために頑張ってたのに……！　ただガストン達に都合良く利用されていただけなんて。

そーかよ。分かったよ！　こんなパーティ、とっとと辞めてやるよ。

そう思って扉に手をかけるが、明日のダンジョン攻略のことが頭をよぎる。

俺は明日のために必死に走り回って準備してきた。

それを無駄にするのか？

色々と考えたが、やはり途中で投げ出すことは自分の矜持《きょうじ》に反するように思え、扉のノブから手を離した。

ダンジョン攻略が終わったら、こっちからパーティを辞めてやる。

俺は自分の努力を無駄にしたくないがために、パーティ脱退を延ばすことにしたのだ。

後でこの時の決断を、強く後悔することになるとは知らず——。


明くる日の朝、俺達はAランクダンジョンの入り口に立っていた。

今日はいやに、入り口の大きな岩穴が不気味に思える。

「緊張するな！」

「本当にね！　Aランクと思うと余計に」

「最下層は四十階層か。行けるかな」

「まぁ気楽に行こう！　なっ」

ガストンがみんなを奮《ふる》い立たせる。

「ティーゴ、今日もありがとうな！　頼りにしてるぜ」

いつもなら尻尾を振って喜ぶところだが、さすがに昨日の今日では、全てバカにされているようにしか聞こえない。

苛立ちを抑えつつ、俺は入り口近くの警備隊の人が立っている所で受付を済ませ、ガストン達の元へ戻った。

少し緊張しながら、ついに俺達はAランクダンジョンに足を踏み入れた。

初めに出てきた魔獣は、グレイウルフ三体。コイツ等はDランク魔獣だ。

「ここは俺に任せとけ！」

ガストンが前に出て大剣で斬りつけると、グレイウルフの体が真っ二つに切り裂かれた。あっさりと三体を次々に屠《ほふ》っていく。

「どんなもんだ！」

「やるなー。次は俺の番だからな？」

ガストンの戦いぶりに、魔法騎士のエリックも闘志《とうし》をメラメラと燃やす。

一階層で出てくる魔獣はBランクダンジョンとほとんど変わらず、俺は少しホッとする。

この先も俺の入念な準備のおかげで、ダンジョン攻略は順調に進み、十五階層まで到達することが出来た。

十五階層の奥にはオアシススペースと言って、魔獣が全く出ない場所がある。他の冒険者達もみんなこのオアシススペースで休憩する。

「おっ今日はラッキーだな、この広いスペースに誰もいないぜ」

「ホントね～、貸切じゃない」

ガストンとメリーが珍しく誰もいないオアシススペースに興奮し、声を上げる。

俺達は一旦オアシススペースにて休憩を取ることにした。

こういう時のご飯や寝床の準備は、もちろん俺！

今回で最後だ、そつなくこなしてやるよ。

「ダンジョンで温かいスープが飲めるなんて、ティーゴのおかげね！」

「本当にね。美味しい！」

俺は今まで何を見てきたんだろう。

よく聞けば、心のこもってない上辺だけの薄っぺらいセリフだ。みんなの表情に俺への軽蔑《けいべつ》がうっすら滲んでいる。

ここまで露骨《ろこつ》だと、むしろ何で今まで気付かなかったんだ？　って感じだ。

他の冒険者パーティに「ガストン達に利用されてないか？」と心配されるはずだよ、こんなの。

俺はパーティに入れてもらえたことが嬉しくて、ガストン達のことがちゃんと見えてなかったたんだな。

「はぁぁ……」

思わず深いため息が出る。

コイツ等と一緒に居るだけで辛くなってきた。

「よし！　じゃあ進むか」

ガストンが次の階層に行こうと、勢い良く立ち上がったその瞬間。

「なっ⁉」

オアシススペースの床がグラグラと揺れ、崩れ出した。

「キャ！　何で？　ここはオアシススペースじゃないの⁉」

ガラガラガラッ！　ガラッ！

大きな音と共に床がドンドン崩れ落ち、立っているスペースがなくなっていく。一体何が起きてるんだ？

「みんな落ち着け⁉　大丈夫だからっ！」

しかし次の瞬間‼

全ての床が崩れ落ち、俺達は床の破片と共に、奈落《ならく》の底と思えるような所まで、長い時間をかけて落ちていった。

「いっ……⁉　ったくない？」

かなり下の階層に落ちたはずなのに、俺は傷一つ負っていなかった。そんなことあるんだな。

俺は嬉しくて、思わずガストンに声をかける。

「かなり下に落ちたけど、無事で良かったな」

だがガストンは真っ青な顔をして震えている。

よく見たら、みんな同じ方を見て怯《おび》えていた。

「ななっ、何だよあれ!?」

「無理無理無理」

「イヤー!! 死にたくない！」

「何でこんな所に居るんだよ！」

みんなの悲鳴で体が強張る。

何だ？ 一体何が居るって言うんだよ！

得体の知れない恐怖が俺を襲い、冷や汗と震えが止まらない。頭の何処かが、『見るな』と警告しているのが分かる。

震える体を必死に動かし、ガストン達の視線が捉える先を見る。

そこには果たして、明らかにレベルが桁違いの魔獣がいた！

あれは……伝説の魔獣フェンリル。その姿は本でしか見たことがない。美しい銀色の毛で覆われた、五メートルはある巨躯《きょく》が俺達を冷たく見下ろしていた。

やばい、本当に体の震えが止まらない。

「何で伝説のフェンリルが、Ａランクダンジョンなんかに居るのよ……」

「こんなこと……夢よっ、現実じゃないわっ」

「……フェンリル、本当に存在したんだ……俺は死ぬのか」

パニック状態のメンバーにガストンが叫ぶ。

「みんな落ち着け！」

みんながガストンに注目する。

「こんな時のために決めていた作戦があるだろ！　今がその時だ」

「「あっ!!」」

「分かった！」

次の瞬間、俺の体は麻痺して動かなくなっていた。

「なっ……？　何でこんな!?」

魔法使いのミナが、俺に麻痺の魔法をかけやがった。

「役立たずのお前をパーティに入れてやったんだ！」

バカにしたような目で俺を見て叫ぶガストン。

「なっガストン、何でっ……」

「最後に役に立つ時がきたな！」

「エリックお前っ……！」

「私達のためにたぁ〜っぷり時間稼ぎ、頼んだからね？　ふふっ」

「くっ……メリーッ！　……クソックソォォ！」

思い思いに罵倒《ばとう》した挙句、麻痺で動けない俺を残し、奴等は逃げて行った。今まで頑張ってきたのに、最後にこれか？

「……そーいうことかよ!!　捨て駒か俺は……作戦って俺を囮《おとり》にすることか！」

こんなことなら……昨日、文句を言ってぶち切れて、パーティを辞めたら良かった。

散々バカにされ利用され、最後はゴミ屑《くず》みたいに捨てられたな……何だったんだ。俺の人生って。

シシカ村に一度も帰らず必死に働き、小間使いのように扱われ、最後はフェンリルに食われて死ぬのか。

本当にバカだな、俺は。

こんなことなら意地を張らず、シシカ村に帰ったら良かった。父さん、母さん、リム……最後に会いたかったな。

それにしても、生きてる内に一匹でもいいから、何かテイムしたかったなぁ。

恐ろしい気を放つ美しいフェンリルが、俺にゆっくりと近付いてきた。

俺だってこんな伝説級の魔獣をテイム出来てたら、こんなミミッチイ扱いじゃなかったかもな。

俺はフェンリルに向かって言葉を発する。

「テイム……」

ククッ……何てな？

その途端。

パアアーッ!!

眩《まばゆ》い光がフェンリルを包み込み、光が収まると。

テイム完了しました、と何やら呑気な声が聞こえた。

「えっ？　はっはああ？」

テイム完了!?　何が起こったんだ？

2　SSSランクフェンリル

——我の主《あるじ》よ。我に名前をつけよ。

えっ？　何？

目の前の魔獣フェンリルは俺に向かって、大きな尻尾を振っていた。まるで喜んでいるように見える。

何これ。それに、さっきから頭に直接声が聞こえてくる。これはフェンリルの声か？

——主？　名前をつけてくれぬのか？

えっ？　なっ名前？　俺が⁉

——主以外に誰が居るというのだ？　早《はよ》う、名前を。

このフェンリルに？　俺が名前をつけていいの？　っていうか名前って？

うーん……？　よく考えろ。フェンリルの大切な名前を俺如《ごと》きがつけるんだからな。変な名前をつけて機嫌を損ねられたら、たまったもんじゃない。

俺はない知恵を絞り、色々と必死に考える。

綺麗な銀色の美しい毛並み、そして神々《こうごう》しいこの姿は……本で見惚れたアイツにそっくりだ。

昔読んだ、倭《わ》の国の魔獣について記述してある本。倭の国とは、俺達の暮らすヴァンシュタイン王国より遥か遠くにある異国のことだ。不思議な言葉、不思議な物がこの国から周辺諸国に多く伝わっている。

綺麗な絵で魔獣を紹介するその本が俺は大好きで、小さい頃から何度も読み返していた。

そしていつも、あるページで手が止まるんだ。

そこには美しいフェンリルの姿が描かれていた。

その名も【銀狼《ぎんろう》】。倭の国ではフェンリルを銀狼と呼ぶ。

初めてその姿を見た時に、あまりの美しさに俺はそのページから目が離せなかった。

今俺の目の前に、その本そっくりの美しい銀狼がいる。

決めたぞ、フェンリル《こいつ》の名前は銀狼から『銀』を貰って。……銀太《ぎんた》だ。

「よしっ。お前の名前は銀太だ！」

そう言うと、物凄い光がフェンリルから放たれた。

眩い光に包まれ、俺は眩《まぶ》しくて目が開けられない。

光がやっと落ち着き、目を開けると、二メートルくらいの大きさになったフェンリル――銀太がお座りしていた。小さくなったのだろうか？

『我をテイム出来るとは、主の魔力は桁違いなんじゃな！』

「えっ、は？　テイム？　何で言葉を喋《しゃべ》っ……!?」

『我に名をつけ、テイムしたであろ？』

えっ何で？　フェンリルが急に声を出して話し始めた。

どういうことだ？

俺がテイムしたって言ってるけど、そもそもテイムした魔獣が話せるようになるなんて聞いたことないし、喋る魔獣を見たこともちろんない。

『主の使《つか》い獣《じゅう》となったからの。人族の言葉が話せるようになったみたいだな』

「そんなこと……あり得るのか？」

コイツがフェンリルだからか？

『我をテイムしたんじゃろ？』

「そっそれは……本当にしたのか？　俺は半端者のテイマーなんだぞ？　それがいきなりフェンリ

ルをテイム出来たって言われても……何でそんなことになったんだ？　意味が分からない」

困惑する俺を、フェンリルがまじまじと見つめる。

『ふうむ？　おおっ、我をテイムしたことにより、我が使えるスキル全てを、主も使えるようになったみたいじゃのう。主はついておる！　テイムしても、使い獣のスキルを貰えるかは運次第なのだ。それを全てとは中々……。早う鑑定で我を見てみよ。その方が早い』

俺がレアスキルの鑑定を使えるようになっただと？　テイムしたら使い獣のスキルが貰えるだと？

それも初耳だぞ。そんなこと学校で教わらなかった。そんなことがあるなら絶対に授業で習うだろ？　こんな重要なことをみんなが知らないとかあり得る？

もしかして、騙《だま》されてない？　本当に俺はスキルを取得したのか？　試して何も出なくて恥ずかしい思いするとか、やめてくれよ。

思考がグルグル巡ったが、結局、実際に試してみないとなんとも言えない。

だったら……よしやるぞ！　出てきてくれよ？

《鑑定》

俺がそう口にすると……ヴォン!!

半透明の板が、音を立てて俺の目の前に出現した。

【聖獣フェンリル】
名前　銀太
種族　聖獣
ランク　SSS
レベル　785
体力　75560
攻撃力　84366
魔力　85695
幸運　99999
スキル　全属性魔法　鑑定　隠密　アイテムボックス
主　ティーゴ

ほっ本当だ！　主の欄にティーゴって書いてある。やっと魔獣をテイム出来たんだな……嬉しいよ。

ん？

SSSランク⁉　何だこの桁違いのランクは……！

SSSランクなんて伝説級。さすがフェンリル。

ははっ、よくこんな強い奴をテイム出来たな。まだ信じられないよ。

『ほう。我は主の初めての使い獣なのだな！　嬉しいの』

何でそれを⁉　そんなことまで分かるなんて、学校で習わないことばかり起こるな。

でも今はそれより、嬉しいと言ってもらえたことがこそばゆかった。お礼を言いたいのは俺の方なんだよ。俺みたいな底辺テイマーからしたら感謝しかない。

「銀太、俺なんかの使い獣になってくれてありがとう」

『ふぬ？　そんなこと当たり前じゃっ』

そう言って銀太は大きな尻尾をフリフリする。ああっ、フェンリルって怖いはずなのに、銀太は可愛いな。

『ふむ？　もしかして主は、Sランク以上の魔獣に会ったのは我が初めてなのか！』

「そりゃそうだよ。生きてる内にSランクの魔獣や魔物に会うなんて、考えたことないよ。そもそも会ったら、俺死んでるって！」

『ハハッ、主よ？　自分のことを鑑定してみたらどうかの？』

そうか。自分のことも鑑定出来るんだな。銀太が何を見せたいのかはよく分からないが、やってみよう。

《鑑定》

名前　ティーゴ
種族　人族
ジョブ　魔物使い
ランク　??
レベル　35
体力　1800
攻撃力　3650
魔力　99970
幸運　50
スキル　全属性魔法　鑑定　アイテムボックス
Sランク以上の魔獣や魔物をテイム出来る。
Sランク未満の魔獣や魔物はテイム出来ない。
使い獣　フェンリル銀太

えっ……俺のランクの『??』って何？

ンン!?

スキルの欄にある、Sランク以上をテイム出来るって、何？　それにSランク未満はテイム出来

ないだと⁉

こんなスキル、聞いたことない。

あーーっ！　だからか！　今まで一匹もテイム出来なかった理由はこれか！　そりゃそうだ、Ｓランク魔獣なんてそうそう出会わねーし、もし出会ってもテイムしようなんてまず思わない。

俺……無能だと思ってたけど、そうじゃなかったんだな。何だかホッとした。これも銀太のおかげだな。

しかも俺の魔力数値、おかしくないか？　こんな桁、ありえない数値だぞ。他の体力や攻撃力より断然多いし……あっ⁉

幸運が50しかない⁉

はぁー……全然ない、ダメじゃん。だからか！

今までの人生、やけに上手くいかないと思っていたけど、こんなところに理由があったとは……。

『ククッ、自分のことが分かったか？　中々凄いスキル持ちだな、主は』

そう言って、銀太が撫《な》でて欲しそうに、俺の手に顔を近付けてきた。何だよ、その可愛い仕草は。

お望み通り、俺は銀太のモフモフを堪能して撫でまくった。

それでふと思った。

何故ＳＳＳランクフェンリルが、Ａランクダンジョンなんかに居るんだ？

もし銀太がダンジョンボスなら、このダンジョンのランクは『Ａ』じゃない。

もしかして、ここはSSSランクダンジョン？　そんなの聞いたことないけど、まず伝説の魔獣フェンリルがダンジョンに居ること自体がおかしいよな。

「なぁ銀太？　このダンジョンはAランクだろ？　何でSSSランクのお前が現れたんだ？　どー考えてもおかしくないか？」

『うむ？　いやっ……そっ、それはだの？　主の魔力を感知してだの？』

銀太は俺の質問に、瞳を左右に動かしあからさまに動揺する。『だの』って、どんな語尾だよ。

魔獣の癖に、することは妙に人族っぽいな、コイツ。ランクが高いと知能も高いっていうから、それで人族っぽくなるのかな。

「俺の魔力を感知した？　どういうことだ？」

『我の友達がだな？　いつも自慢するからの？　我もだな、そのう……使い獣に憧れっ……ゲフンゲフン。我を使役出来る者を探しておったら……主を見つけたのじゃ』

銀太の話を要約すると、友達の【グリフォンのスバル】が過去にテイムされ、名前を貰ったことや使役されていた時の素晴らしさを毎回自慢してくるという。

話を聞いている内に銀太は羨ましくなり、自分を使役出来る魔力が高い奴をずっと探していたらしい。

SSSランクフェンリルをテイムするとなると、相当な魔力量を持った者でないと無理らしく、該当する人物を必死に探していたら、俺の魔力を感知した。そこで無理矢理ダンジョンに転移してきたせいで……空間が歪んで床が崩れて、あんなことになったと。

何だコイツ⁉　使役されるのが羨ましいとか……テイムして欲しくて探して回るとか、普通魔獣が考えるか？

本当に魔獣か？

かなり人族みたいな性格なんだが？

高位魔獣になるとみんなそうなのか？

魔獣の口から『自慢』とか……『羨ましい』とか、そんな言葉が出てくるとは思わなくて。

ＳＳＳランク魔獣なのに、『可愛い』と思ってしまった。

「あはははははっ」

『なっ、なんじゃっ！　我は真剣に話をしておったのに！　それを笑うとは！』

銀太には悪いが、久しぶりに声を出して笑った気がする。

「ふはははははっ！　ありがとうな銀太。よろしくな」

『ぬう……何故笑われておるのか納得いかぬが、よろしくなのだ』

文句を言いながらも、銀太は大きな尻尾をブンブン振って嬉しそうだ。あまりの可愛さに、俺は銀太を抱きしめた。銀太の毛はモフモフで、離れ難いと思ったのは秘密だ。

『主？　今からどーする？　何がしたいのだ？』

尻尾をご機嫌に動かしながら、銀太が聞いてくる。

銀太め。何だその尻尾の動きは、本当可愛いな。

「ちなみになんだけど、銀太はこの場所が何処だか分かるか？」

『……うむ？　このダンジョンのボス部屋だな』

なるほどな。ボス部屋かぁ。

！！！！

「はぁ？　ボス部屋だと⁉」

いやいやいやあり得ない。ここがボス部屋なら、ボスは何処だよ⁉　俺達、ずっとのんびり話をしていたぞ？　何でそんなスキだらけの俺達をダンジョンボスは襲ってこないんだ？

「ボスは何処だ？」

『んん？　ボスならそこの端っこに座っておるぞ？』

銀太が指す部屋の端っこを見たら……ガタガタと小刻みに震え、小さく体育座りしてるオーガキングが三匹居た。

オーガキング達も、突然現れたSSSランクフェンリルにどう対応したら良いのか分からないみたいだ。出来ることなら今すぐ逃げ出したいが、ボス部屋だから無理ってところだな。

ブッ……！　何これ⁉

ダンジョンボスは銀太が怖いのか。笑えてきて、思わず噴き出してしまった。

『どうするのだ？　ダンジョンをクリアしたいのか？』

銀太が俺に問いかけた。そんなの、答えは一つだ。

「クリアしたい！　俺の実績になるからな」

ダンジョンは、最下層の奥の部屋にある魔核を取ったらクリア出来る。

奥の部屋に行くには、ボスを倒してカギを奪わないといけない。

「クリアするにはボスが持ってるカギが必要だ」

『ふうむ。カギか？』

銀太はそう言いながら、チラリとオーガキングを見る。

震え上がるオーガキングは目が合うと、慌ててカギを自ら差し出してきた。

これではどう見ても銀太の手下だ。

『カギを貰ったの。行くか？』

「ＳＳＳランク……スゲエ」

呆気なくダンジョンクリアしちゃったよ。クリアって言っていいのか疑問だが、いいんだよな？

あまりにも楽勝ルート過ぎて、クリアした実感が全くない。

オーガキングから貰ったカギで扉を開け、俺達は奥の部屋に入る。

中央の石碑の上に置かれている魔核を取る時、稀《まれ》に宝箱が落ちてくることがある。

それを微《かす》かに期待しながら、俺はダンジョンの魔核を取った。

【ダンジョンクリア　＊　ティーゴ】

よしっ！　俺の名前が初めて刻まれた。いつもガストンだったから羨ましかったんだよな。

ガシャン!!

突然上から何かが落ちてきた。宝箱だ。やった！　レアアイテムが入っていたらいいんだけど。

でも俺、運がないからな……。

「銀太。宝箱開けてみて」

『我が？　分かったのだ！』

銀太が鼻先で器用に宝箱を開けた。すると中に入っていたのは……金貨千枚と剣だった。俺は早速剣を鑑定する。

【名工ドランが作った魔法剣】
ランク　S
魔法を纏うことが出来る。
攻撃力　＋1500

「やったー!!　銀太すげえ、最高だよ、金貨千枚だぁ！　剣もすげえ……強運だな」

むっふーっ、と銀太の鼻息が首元にかかる。

『そっ、そうかの？　我、凄いかの？』

銀太は褒められて嬉しいのか、ちょっと誇らしげに座る。その姿が可愛くて、俺は銀太を撫でまくる。

ＳＳＳランクで凄い魔獣なのに人間臭くて、俺はもう銀太のことが大好きになっていた。

閑話　深緑の牙――ガストンの焦燥

はっ、はあっ、はあっ……。

「ここまで来れば大丈夫か？」

俺――ガストンは近くの岩に手をついた。ティーゴを囮にし、俺達は力の限り走って逃げた。そしてようやく一息つく。

何だったんだ、あれは？　俺は夢でも見たのか？　フェンリルが出てきた。Ａランクダンジョンにだ！　あり得ない、見間違いだったのか？

「助かって良かった……」

「本当にな、死ぬかと思ったよ」

「ティーゴのおかげで助かった」

「最後に役に立ってくれたな！」

フェンリルが後を追ってきていないことを確認し、俺達はホッと安堵した。

少しはティーゴのことを可哀想だと思うよ。

でもな！　俺達のパーティに二年も入れてやってたんだ。有難く思え。

多少役に立つが、弱《よえ》え奴は俺達のパーティにはいらねーんだよ。次はもっと強い使える奴を探さないとな。

「おいっ、ここが何階層なのか分かるか？」

俺はエリック達に聞いてみるも――。

「「分からないよー」」

間抜けな返事が返ってくるだけだった。

はぁ？　いきなりどうしたんだ。

「だって、ダンジョンを調べるとかは、ティーゴが全てしてくれてたから……」

「そうだよな。分からないな！」

「それよりお腹減った。ご飯にしない？」

なっ、何だ？　コイツ等の危機感のなさは……。

それに分からないなら、何で自分達で調べようとしないんだ？　もうティーゴはいないんだぞ？

俺が怪訝《けげん》に思っているのに気付かないのか、メリーが呑気な発言を繰り返す。

「ガストン！　リーダーでしょう？　何かご飯作ってよ」

だから何を言ってるんだ？　食料だって、あとどれくらい保つか分からないんだ。しかもほとんどの食材はティーゴが持っていた。そのリュックはティーゴと一緒に置いてきちまった。

俺達が持っているのは、携帯食の干し肉くらいだ。お前等、自分達が置かれているこの状況がどんなにヤバいか分かってるのか？

今は飯より、脱出のために一刻を争う時だろ？

「とりあえず上がれる所まで上がらないか？　食料だっていつまで保つか分からないからな！」

「えー……！　疲れたなぁ。ねぇティーゴ。いつものリラックスティー頂戴《ちょうだい》。あっ？　いないんだった」

またメリーの我《わ》が儘《まま》が始まった。いつもはティーゴが上手く相手してくれるんだが、アイツはいないしな。

「とりあえず！　オアシススペースまでは休憩なしだ！　文句は言わせねぇからな！」

「「「はーい」」」

三人は嫌々返事をして歩き出す。

クソッ。何で俺がこんな場所をウロウロしなくちゃいけないんだよ。

ここが何階層かも分からない。未知なるダンジョンへの不安と恐怖に気付かないようにして、俺はダンジョンを歩いて行く。

3　Aランクダンジョン攻略

うわーっ！　ドキドキする。

【Aランクダンジョン】クリアかぁ。

俺と銀太は、円状に輝くクリアワープポイントの上に、足を踏み入れる。

すると、眩い光が俺達を包み、すぐにダンジョンの外に出た。

俺達がクリアポイントから現れると、Aランクダンジョンの警備隊の人達がザワザワし出した。

クリアポイントは入り口から近いので、今からダンジョンに潜ろうとしていた冒険者達も俺を見て驚いている。

「クリアだ！」

「オオー！　すげぇな！」

「俺達もクリア目指すぞー！」

冒険者達は口々に俺を称《たた》えてくれ、盛り上がっている。

そんな中、知っている警備隊の一人が話しかけてきた。

「おい！　ティーゴじゃねーか。クリアしたのかおめでとう！　ガストン達他のメンバーは何処だ？」

「…………俺だけだ」

「えっ？　どういうことだ！」

警備隊の奴が不審がっている。ダンジョンで捨てられたとか言いたくないが、話さないとな。

「俺はガストン達に麻痺の魔法をかけられて、囮にされダンジョン内で捨てられたんだよ」

「なっ⁉　囮だと？　そんな……」

『本当だ、奴等は主を我の前に放り出して逃げて行きおった！』

俺の後ろから銀太が出てきて、怒りを露《あらわ》にして話し出した。

警備隊の奴が、目をまん丸にしてびっくりしている。

「しゃしゃっ喋った！」

「「あわっフェッフフッフェンリル⁉」」

みんなダンジョンクリアに興奮して、銀太が俺の後ろに居ることに気付いてなかったみたいだな。

「ヤバイヤバイ！　何でこんな所に伝説の魔獣フェンリルが⁉」

「――終わった。こんな所で死にたくなかった」

冒険者達や警備隊は、初めて銀太の存在に気付いて、大パニックに陥《おちい》った。

うん。気持ちは分かる。俺もそうだったたから。

「ティーゴ、何ジッとしてんだよ！　早く離れろ！　すぐ後ろにフェンリルが居るんだぞ、逃げろ！」

みんなが俺を心配して逃げろと言ってくれるが。

「あの、落ち着いてくれ！　信じられないかもしれないが。コイツは……このフェンリルは俺の使い獣だ」

「……なっ？　ティーゴ？　えっ？」

俺はみんなに信じてもらうために銀太に抱きつく。

「「ギャッ！」」

それを見た冒険者達や警備隊は、俺が殺されると思い、声を詰まらせる。

「殺され…………ん？」

尻尾を大きく振り、俺に撫でられまくって喜んでる銀太を見て、みんな固まっている。

「「「うそだろ？」」」


フェンリル騒動がやっと落ち着いたので、改めて【深緑の牙】とどんなことがあったのかみんなに詳しく話す。

銀太が俺を追いかけてダンジョンに来たって件は誤魔化して、偶然居たことにしたけど。銀太の名誉のためにもね。

「すげえな！　そんなことがあるんだな！　普通なら一瞬で殺されて終わりだぞ」

「しっかしティーゴは規格外だな！　今まで一匹もテイム出来なかったのによぉ。初めての使い獣がフェンリルとか！　意味分かんないぜ」

「「「ワハハハハハハッ」」」

「「「それな！」」」

　ここら辺の警備隊や冒険者はみんな大雑把だからか、俺の話を疑うことなく受け入れてくれた。有難いけど、なんとなく拍子抜けだな。

「俺は【深緑の牙】のやり方は初めっから気に入らなかった。ティーゴを奴隷《どれい》のように扱っているとしか思えなかった」

「アルト……！」

　アルトはずっと俺のことを心配してくれていた冒険者仲間だ。

「だからな、ティーゴがフェンリルなんてすげえ魔獣をテイム出来て、俺は嬉しいよ！」

「ありがとうな、アルト」

　自分のことのように心配してくれる仲間が居たのに、俺は気持ちに余裕がなくて、何も見えてなかったんだな。

「しっかしアイツ等、最低だな！　仲間を捨て駒にして自分達だけ逃げるとか」

「冒険者としてあるまじき行為だ！」

　みんながいきり立っていると、一人の男性が側に来た。

「ティーゴ、ちょっといいか？」

この中で一番偉い警備隊長シルクだ。

「今回の話は色々と事が大き過ぎる。冒険者ギルドに行ってギルドマスターに報告しないといけない。今から一緒に行ってくれるか？」

「ハイ、分かりました」

こうして俺と銀太は、冒険者ギルドに行くこととなった。


ここはドヴロヴニク街。

城下街ということもあり、ヴァンシュタイン王国一繁栄している街だ。

この街は建物の屋根が煉瓦《れんが》造りなのが特徴で、朱色に統一された屋根が珍しく、観光の名所にもなっている。冒険者ギルドも国で一番大きく、商店街通りには何でも揃っている。住みたい街として、人気ナンバーワンだ。

そんな凄い街の入り口で立ち止まり、俺達は中に入れず困っていた。

理由は簡単だ。門番が銀太を見て気絶し、街に入るための受付が出来なくなってしまったのだ。

「うーむ、ちょっと待っててくれよ！　俺が直接ギルドマスターを呼んでくる。その時に許可証も貰ってくるから！」

警備隊長のシルクさんが、ギルドマスターを呼びに行ってくれた。観光の名所なだけあり、街を出入りする時に、毎回許可証が必要なのだ。

『主～。早く街に入りたいのう！　我は人族の街になど入ったことがないからの！　ワクワクするのだ』

銀太はウロウロと歩いて落ち着かない様子だ。街に入るのが楽しみで仕方ないって感じだな。

「フフッそうか、それは良かった」

何だろう。銀太と話していると、妹のリムのことを思い出す。

魔物使いの修業で家を出てから今まで、俺は一度も家に帰ってない。魔獣をテイム出来るまでは帰らないとか、俺が勝手に意地になってたせいだけど。

父さんには凄く怒られるだろうな。もしかしたら殴られるかもな。

母さんは泣かせちゃうかな。

でも、今は凄く会いたくて仕方ない。

よし！　家に一度帰ろう。素直に全部話して怒られよう。

俺がこれからのことを考えていたら、大きな足音と共にシルクさん達が走ってきた。

「ティーゴ、待たせたな！」

シルクさんが、ギルドマスターと新しい門番を連れてきた。

「…………………」

銀太を見た男性が固まってしまった。

「本当にフェンリルがいる。初めて見たよ……」

この人がギルドマスターなのかな？　彼は銀太を見て、口をポカンって開いたままだ。

「………はっ！　あっこんにちは。僕がギルドマスターのシェンカーだよ。よろしくね」

我に返ったシェンカーさんが手を差し出してきたので、それを握り返して挨拶《あいさつ》をする。

「魔物使いのティーゴです。よろしく」

「今すぐティーゴ君達にギルドに来てもらい、話を聞きたいんだけど……。街の人達がフェンリルを見て怖がって、この門番のように気絶するかもしれない」

ギルマスのシェンカーさんが、顎《あご》に手を当てて難しそうな顔をした。

「なるほど、確かにそれは困りますね」

うーむ、とシェンカーさんとシルクさんが困っている。

確かに街のみんなが気絶するとか、やば過ぎるよね。どうにか銀太が怖くないとアピールする方法を考えないと。

三人で色々と考えた結果。

何だろう……一番目立つことになっている気がする。正解なのか、これは？

銀太の首には大きな赤いリボン。

俺はそんな銀太の上に乗っている。さらに銀太の両脇をシルクさんとシェンカーさんが挟み込むように歩く。

まるで何かのパレードだ。

みんなが端に避けるので、必然的に道の真ん中を歩くことになり、余計にパレード感が増し増しだ。

街の人達が俺達を見て口々に何かを話している。

「凄い！　フェンリルに乗ってる」

「ギルドマスターのシェンカーさんと隊長のシルクさんまで一緒だ！」

「あの少年は何者なんだ⁉」

何を言っているか少し聞こえてきて、さらに恥ずかしくなる。

俺は何者でもないよ、一般人だ。

あまりの注目に、俺は耐えられず赤い顔で俯《うつむ》いてしまう。頼むから早くギルドに着いてくれ、と願いながら。

一方の銀太は尻尾を左右に動かし、嬉しそうだな。顔もちょっと得意げだ。

銀太の奴、本当に面白いな。

でも、あー……早く冒険者ギルドに着かないかな。

★　★　★

「よし！　やっと着いたね。二階の特別室を使おう。さあ行こう」

シェンカーさんに促され、ギルドの大きな扉を押し開けた。

銀太を連れて足を一歩踏み入れると、中に居た冒険者達が一斉に騒ぎ出す。

ダンジョンの時とは逆で、俺の周りに人が集まってきてギルドの二階に行けない。みんな銀太のこと、怖くないのかよ？

「フェンリルをテイムしたって本当か！」

「ティーゴすげぇな！」

「おめでとう」

「Aランクダンジョンクリア」

みんな思い思いのことを喋っていて、収拾がつきそうにない。

シェンカーさんが、ギルド中に響き渡る大声で叫んだ。

「おい！　お前達、話は後で聞くから、今は道を空けてくれ！」

冒険者達をかき分け、俺達はどーにかこーにか、やっと二階の特別室で落ち着くことが出来た。

「ふぅ〜っ。凄い騒ぎだった」

「本当にな！　当分この騒ぎは続きそうだがな」

俺とシェンカーさんは向かい合わせでソファに座る。シルクさんはシェンカーさんの横に座った。

銀太は俺の近くで寝そべっている。

ギルドで一番広い部屋のはずだが、大きな銀太がいるせいか少し狭く感じる。

「こちら紅茶とクッキーです。召《め》し上がってください」

ギルド職員さんが紅茶とクッキーを用意してくれた。

さすがギルドの特別室だな。この建物には何度も来たけど、こんなことされたの初めてだよ。

フンスフンスッと、銀太がテーブルの上を嗅《か》ぐ。

『主～？　この丸いのとか四角いの、いい匂いする～』

ん？　丸いの？　あっ、クッキーのことだな！

銀太の目がクッキーに釘付けだ。

「これ、銀太にあげていいですか？」

職員さんに聞くと笑顔で頷いてくれた。

「もちろん。どうぞどうぞ、銀太様、お食べください！」

「銀太。これはな、クッキーというお菓子だよ。食べていいよ？　どうぞ」

クッキーを差し出すと、銀太は恐る恐る口に入れて噛み締める。

『うっ、美味《うま》いのだ！　この【クッキー】とやら！　我はもっと……もっとクッキーを所望《しょもう》する！』

銀太の尻尾が弧《こ》を描くようにして激しく振られる。何だその動きは。

そうか、銀太は甘党なんだな。

ギルド職員さんが追加でクッキーをいっぱい持ってきてくれた。それが嬉し過ぎるのか、銀太の尻尾ブンブンが止まらない。

「アハハッ」

可愛いな銀太。俺、銀太と出会えてからずっと笑ってるよ。


銀太のクッキー熱も落ち着き、俺はシェンカーさんとこれからのことを決めていた。

「まずは、ティーゴ君が所属していたパーティ【深緑の牙】についてだね。ティーゴ君が【深緑の牙】からされたことは犯罪行為だ。ギルドから何らかの厳しい処分を下すことになるだろう」

シェンカーさんがそう話してくれた。

「ただ、ティーゴ君を疑うわけではないが、ギルドの規約で、【真実の水晶《すいしょう》】に触れてもらい、嘘をついてないか調べないといけない。嫌かもしれないが調べさせてもらえるかな？」

シェンカーさんは凄く良い人だ。俺はそんなことなど気にしないのに、そこまで気を使ってくれて嬉しかった。

「大丈夫です。そんなこと、気になりません」

「良かった。では、今からティーゴ君の話に嘘がないか、真実の水晶にて判断させてもらう。嘘がある場合は水晶が赤く光る。これらの会話や映像は全て魔道具にて記録する。以上、良いかな？」

「ハイ。了解しました」

「では質問。聖獣フェンリルが目の前に現れた時、ティーゴ君は【深緑の牙】からどんな仕打ちを受けた？」

「麻痺の魔法をかけられて俺は囮にされ、その間に【深緑の牙】のメンバーは逃げました」

この時に赤く光れば、俺は嘘をついたことになる。

「……」

「何も起こらないね。これで、ティーゴ君が【深緑の牙】にされたことが事実として記録された」

「良かったなティーゴ！【深緑の牙】の脱退の手続きはすでに済ませてある。また一からのスタートになるが頑張れよ！」

警備隊長のシルクさんがそう言って、ガッツポーズをする。

「ありがとうございます」

「あっ！　そうだ。一からスタートするソロランクだけど、伝説のフェンリルをテイムしている人を一番下のFランクからスタートさせるわけにはいかない。Aランクとさせてもらったよ」

そう話し、シェンカーさんはニコリと笑った。

今とんでもないことを言わなかった？　何だって？　Aランクって言わなかったか？

一からスタートなのに、前よりランク上がってるじゃん!!　どう考えてもおかしいだろそれは。

「あっあの、Aランクって……」

「本当はSランクでもSSランクでも良かったんだけど。あまりにも目立ち過ぎるのでAランクスタートにしたんだ」

いやいやシェンカーさん？　Aランクスタートも十分目立ちますよ？　分かってます？

「それと、大事なお願いがある。聖獣フェンリル様をテイムしたとなれば、この国始まって以来のこと！　このことは国王陛下に報告が行くから、いずれ陛下からの呼び出しがあると覚悟しておいてね」

「えっ？　王様？　田舎村出身の俺が？」

「うん！　そうなると思うよ」

無理無理無理無理無理無理無理無理無理！

絶ッ対に無理だ！　変なことして不敬罪《ふけいざい》とかになったらどーすんだよ。

マナーとか何も知らないし！

「やっハッハハ……」

どーにか拒否出来ないかと悶々《もんもん》として、この後の話が全く耳に入ってこなかった。

閑話　深緑の牙――メリーの苦悩

何で？　私達はこれからAランクになるんじゃないの？　あー嫌だ！　もう無理。

ティーゴを囮にして逃げてから三日が経った。

まだ私――メリーと仲間達はダンジョンにいる。

お風呂に入りたい。

お腹が空いた。

髪を洗いたい。

フカフカのベッドで寝たい。

何で私がこんな目に遭わないといけないのよ。いつもならもうみんなで祝杯して盛り上がってる頃なのに。

クソッ！

私達は十五階層で下に落ちた。

記録は十五階層攻略の時点で終わっている。攻略した階層以外からは地上に上がれない。だから私達が地上に上がるためには、最低でも十五階層まで戻らないとならない。

今は何階層なの？

こんな時にティーゴが居たら、すぐに教えてくれるのに。

ティーゴが居たら、優しい言葉で安心させてくれるのに。

ティーゴが居たら、こんな荷物は全部持ってくれるのに。

ティーゴが居たら、美味しいご飯だって用意してくれるのに。

ティーゴが居たら、フカフカの寝る場所だって。

あーーーーっ。

そう思ったところでフェンリルに殺されたティーゴは戻ってこない。戦闘では役に立たなかったけど……今思えばそれ以外は、全てティーゴに頼りっきりだった。

ああ！　今日は水しか飲んでない。私達いつ地上に戻れるの？

「ねぇ！　ガストン！　お腹が空いて何も出来ない。何か食べ物頂戴！」

「うるせえな！　何もないんだよ！　早くダンジョンから出ないと俺達は死ぬだけだ。ぐずぐずしねぇでサッサと歩け！」

頼りになると思っていたガストンは、ティーゴが居なくなったらずっと怒ってばっかり！

はぁぁ……何なのよ！

何で私がこんな目に遭わないといけないの？

4　デボラのお店

「…………ということで、分かった？」

え？　やばい、途中から王様のことばかり考えてて、シェンカーさんの話を全く聞いてなかった。

「あの……そのう？　王様に会うってことですよね？」

俺が不安になりながら質問すると、シェンカーさんはクスリと笑い、教えてくれた。

「そうだよ。後は銀太様がティーゴ君の使い獣だと街の人達に分かるように、何かアイテムを付けてね？　使い獣用の装備や武器、アイテムなどは【デボラのお店】がお勧めだ。少し変わった店主だけど、物は全て一級品だ。紹介状がないと入れないので僕が書いとくね」

銀太用の装備……。

魔物使いはみんな、使い獣に色々な装備やアイテムを付けたり、服を着せたりして個性を出している。使い獣が居なかった時は、そういうお店に行くのが憧れでもあった。

しかも【デボラのお店】に入れるなんて!!

俺だけじゃない、この辺りの魔物使い全員が憧れる有名店だ。

「やったー！　ありがとうございます。早速お店に行ってきます」

「買い物が終わったら、またギルドに帰ってきてよ？　まだ伝えたいことがあるから」

「了解！」

シェンカーさんがさらさらと書いてくれた紹介状を持って、俺は銀太と意気揚々《いきようよう》と特別室を出た。

階段を下り一階の広間に行くと、さっきと打って変わってかなり人が少なくなっていた。

俺が「？」って顔をしていたら、受付のお姉さんが教えてくれた。

「先程、大量の魔獣討伐依頼があって、皆様その討伐に行かれました」

なるほどな。ナイスタイミングだったな。

よしっ、今の内にデボラのお店に買い物に行こう。

銀太には申し訳ないけど、大きな目立つリボンは付けたままだ。使い獣だとアピールする必要があるからな。

「銀太、嫌だと思うけど、デボラのお店に入るまでは、そのリボン付けたままでいい？」

『んっ？　むう……？　この赤いやつは後で取るのか？』

あれ……？　何か不満そうだな。まさか、リボン取るのが嫌なのか？

そう聞いてみると、銀太はもじもじする。

『えっ……？　んん⁉　嫌というか……でも、そのう。主が付けてくれたから取らなくても……赤いのも中々カッコいい！』

ブッッ……！

何コイツ……本当可愛い。

でもな。その赤いリボンは可愛過ぎて、少し似合ってないからな。もっと似合うやつを今から買いに行こうな。

「今から行くお店は、銀太の装備を選ぶために行くんだ。だから、ちゃんと使い獣のお店で、銀太に似合うのを選ばせてくれよ？」

『なっ？　わわっ……我のためのお店‼　行きたいのだ、スバルが言っておったのだ！　使い獣のお店にはカッコいいのがいっぱいあるって！　スバルがいっぱいカッコいいのを持っておって、毎回我に自慢してきて……我がどれだけ悔しかっゲッゲフンゲフン！　とっ！　とにかく早く我のお店に行きたいのじゃ！』

銀太が興奮気味に尻尾をブンブンと回しながらお店について語る。

……友達のスバルは変な風に、使い獣のことを銀太に色々と教えてないか？

街を銀太と一緒に歩いていると何だろう、街の人達の対応が少し変わった気がする。

先程の恥ずかしいパレードの効果なのか？

俺達は街の人達に気絶されることなく、デボラのお店まで来られた。

『ここが我のお店……やっと我もカッコいいになれるのだな』

銀太がウットリとデボラのお店を見つめている。

銀太の『カッコいい』の定義が、友達のスバルのせいで色々とおかしい気がするが、今はつっこまないでおこう。

「じゃあ、入るか！　デボラのお店！」

デボラのお店は、白亜の壁が建物を上品に見せ、高級な印象を与える外観だ。

俺は店の入り口に立っている、少し強面《こわもて》の黒い服を着た店員に紹介状を見せる。

「ご来店ありがとうございます。お客様。中にお入りくださいませ」

店員の男はそう言って扉を開ける。

ヤバイ！　急に緊張してきた。心臓の音がうるさい。落ち着け、俺。

店内には、一人の女性がカウンターの前に立っていた。

「デボラのお店へようこそ。私が店主のデボラさ」

「あっよろしくお願いします」

俺はぎこちない返事をして頭を少し下げた。

「こりゃ驚いた！　フェンリルを使役した子がいるって街が大騒ぎになってたけど、まさか本当にいたとはねっ」

そう言ってデボラさんは無邪気に微笑んだ。

デボラさんは、一度見たら忘れられないくらい綺麗な人だった。真っ赤な髪に金色の瞳。そして大きな胸……………。

「ちょっと坊や？　いくら私が魅力的でもね？　胸ばっかり見たらダメよ？」

「はわっ！　すみません……」

やってしまった……こんなに綺麗な人初めて見たから、つい見惚れちゃったよ。決して胸ばかり見てたわけじゃないからな。

『ふうむ？　お主はエルフか？　何で姿を偽《いつわ》っておる？』

デボラさんに銀太が話しかけ、エルフだと言っている。何だって？　嘘だろ？　エルフなんて俺見たことないぞ⁉

「なっ？　さすがフェンリル様。私の変身を見破るなんて……そうだよ、エルフさ」

本当にエルフなのか⁉　噂でしか聞いたことがないぞ。エルフは実在していたのか。

「仕方ないね、特別サービスだよ？　これが私の本当の姿さ！」

そう言うとデボラさんは突然、本来のエルフの姿に戻った。

エルフの姿になったデボラさんも綺麗だった。

プラチナブロンドの髪色に、宝石のようにキラキラと輝く瞳、陶器《とうき》みたいに透き通った白い肌。

耳は長くて尖っている。胸は……？　あれ？　大き……くない？

思わず胸を凝視する俺に気付いたデボラさんは、口を尖らせ怒った。

「だーかーらー！　胸ばっかり見ない！　悪かったわね。本当は胸が小さくて！」

「いっいや……そういうわけではなくて……あの、そのっ、どっちの姿も綺麗です」

恥ずかしくてどうして良いか分からず、少しパニックになってしまう。

『なるほどのう、主は胸の大きな女子が好みなのだな』

追い討ちをかけるように、銀太まで胸の話をする。

もうやめてください。恥ずかしくて倒れそうです。

「で？　この店にどんな物を買いに来たの？」

デボラさんは興味津々で質問してくる。

『カッコいいのだ！』

銀太が堂々と答えた。それでは説明が足りないので、俺が慌てて補足する。

「俺の使い獣、銀太に似合うアイテムを買いに来たんです」

「ふうん？　なるほどねっ、そのアイテムはここにはある？」

そう言われ、店頭に出ている商品を見る。どれが銀太に似合うかな？　でも、いまいちピンと来ないんだよな。

こういうアイテムとか武器って、色々な効果が付与されてるから、鑑定で判断した方が良いのか？　俺は、並んでいる商品を覚えたての鑑定で確認する。

【デボラが適当に作った剣】
適当に作ったので何の力もない剣。
【見た目だけは良い飾り】
見た目だけなので何の意味もない。
【デボラが思いつきで作った靴】
思いつきなのでただの靴。
【デボラが何となく作った首輪】
何となく作ったただの首輪。

なっ!?　何だこれ、全部まともじゃない。
「ちょっと！　この並んでるヤツって？　失敗作とかじゃないんですか？」

「ふふっ、さすがフェンリルを使役するだけの実力だね。そうさ、この店頭に並んでる商品は、全て見目だけ良いクズ作品さ」

「なっ……？　何でそんな物しか店頭にないんですか？」

「それはね？　意味が……」

「デボラ様！　D客が来ました」

デボラさんがその答えを言いかけた時、入り口にいた店員が何かを伝えにきた。デボラさんはその話を聞いてニヤリと含み笑いをし、俺に言った。

「丁度いい、ちょっと裏で見ていきな？　理由が分かるよ」

そう言って俺と銀太を真っ暗な小部屋に押し込んだ。

デボラさんが元の赤髪の姿に戻ると、すぐさま客が入ってきた。

いかにも貴族様って感じの金持ちだ。

「今日は僕がテイムした、このウルフドッグに似合う高貴な首輪を買いにきたよ」

「首輪ですか。でしたらこちらの棚に取り揃えております」

「おお！　この首輪！　ゴージャスで最高。これを貰おう」

ちょっそれ……何となく作った首輪だぞ。

「ありがとうございます。金貨三十五枚になります」

金貨三十五枚!?　何となく作った首輪が？　ボッタクリ過ぎだろ！　おいおい貴族様よ。良いのか本当に。

しかし最後まで彼は何も言わず……ニコニコして満足げに買って行ったよ。

何だ⁉

憧れのデボラのお店は、どうでも良い商品を高額で売りつける、詐欺みたいなことをする店だったのか？

客を見送ったデボラさんが部屋に入ってきた。そして、再びエルフの姿へと変わる。

「何を見せられてるんですか、俺は？」

少し苛立ちながら俺はデボラさんに質問する。

「私の店はね、紹介状がないと入れないようにしてるのに、バカな貴族は金でそれを買ってここに来る。そんな奴に売るために、店頭にはクズ商品しか置いてないんだよ。本当の私の自信作はこれだよ！」

デボラさんはそう言って部屋の灯りをつけた。

何と、俺が押し込められた部屋はデボラさんの作品で埋め尽くされていた。

「すげぇ……」

「フフン？　分かった？　コッチがちゃんとした紹介状を持って来てくれた人に見せる商品さ！　どれも私の自慢の商品達だ！」

デボラさんが自慢げに見せてくれた数々の商品。

その中の一つが俺の目にとまる。真っ赤なマントだ。至る所に金糸《きんし》で細やかな刺繍《ししゅう》が施され、見る角度によって虹色に光り輝く。こんなに美しいマントは初めて見た。

ふと銀太を見ると、同じマントを見ていた。

「銀太？　このマントが気に入ったのか？」

『主！　わっ……分かるのか？　そうなのだ。赤くてキラキラしてカッコいいのだ』

俺も銀太に似合うと思う。

「デボラさん。このマントを銀太に羽織《はお》らせてみてもいいですか？」

「それが気に入った？　やるねー、お目が高い！」

銀太はマントを羽織ると、大きな姿見の前で自分の姿をウットリと見ている。

『フンスッ、主！　我はこれが気に入った。これこそが「カッコいい」だ！』

大興奮の銀太。俺もこれが良いと思ったからな。よし、買おう。

「デボラさん。これにします」

「ありがとうございます。金貨百二十枚になります！」

ニコニコと、デボラさんはとんでもない金額を俺に伝えた。

きっ金貨百二十枚!?

高過ぎて腰を抜かすところだった。

でもマントを鑑定したら物凄いことになっていたので、この金額なのは納得だ。

人生で一番の高額な買い物は銀太のマントだった。


【英雄のマント】

デボラの最高傑作。

全魔法の効果を一度だけ無効にする。

魔力が20％上がる。

体力が20％上がる。


大きな姿見の前で、銀太は尻尾を大きく左右に揺らしながら色んなポーズをとり、マント姿の自分を眺めている。

かれこれ三十分は眺めているだろう。そんなによく見られるなと思うが、俺も嬉しいんだよな。

銀太がウットリと鏡の前から離れない間、することもないので、俺はデボラさんに魔物使いの心得を教えてもらっていた。

「あの……魔物使いとは関係ないんだけど、ちょっと気になるから質問しても良いですか？」

「んん？　なんだい？　何が知りたいの？」

「何でエルフってことを隠してるんですか？　俺は生まれて初めてエルフを見ました。本当に実在するなんて、思いもよらなかった」

「ああ、アンタはっ……とティーゴだったかい？　知らないんだね。昔エルフ狩りがあったこと」

「エッ、エルフ狩り!?　何それっ、知らないですよそんな物騒な話」

「五百年くらい前までは、エルフを集めて密売していた貴族が多数いてね」

デボラさんの話は衝撃的だった。

昔はエルフを人ではなく物として扱っていた貴族が多数いた。

見目が美しいエルフは大人気で高額で売れるため、みんながこぞって乱獲《らんかく》する。

エルフを捕まえてはオークションにかけて奴隷として売ったり、屋敷に囲ったりと、人間扱いなど全くしていなかった。

エルフは逃げ隠れして、どうにかひっそりと生きていたのにある日、貴族達が一斉にエルフ狩りをした。

その時に捕まったエルフ達の数は、当時生存していたエルフの七割にも及ぶ。

「なんなんだよ。その話……胸糞わるい」

「でもね。新しく王になったアレクサンダー王が腐った貴族達を一掃し、エルフ狩りを禁止！　エルフに人権を与えてくれた。それからは平和になったけど、エルフ達の多くは人と関わらないように森に結界を張って、今でも隠れ住んでるのさ。だから今の人族がエルフを見る機会は極めて少ない」

「そうだったんだ……同じ人として恥ずかしい。じゃあデボラさんは何で人と関わろうとするんですか？」

「私は変わり者のエルフだからね。人は面白い。悪い奴も居るし、ティーゴみたいな良い子も居る。それを見るのが楽しみなのさ。なんせエルフの平均寿命は五百歳と長寿だからね。普通に生きてたら飽きてくるのさ」

「えっ！　それじゃっ、デボラさんって今何歳なの？」

「女性に年は聞くもんじゃないよ！」

「イッテェッ」

デボラさんが人差し指で俺の額を弾いた。

知らなかった……エルフって長寿なんだな。

「ありがとうデボラさん。色々と教えてくれて」

「フフン。いつでも聞きにおいでよ、アンタのこと気に入ったしね。そうそう、フェンリルをテイムしたばっかりなんだろ？　お手入れグッズとかはいらないのかい？」

「お手入れ？」

「ブラッシング用のクシだろう。それに毛がよりサラサラ、そして艶々《つやつや》になるオイルとシャンプー等はお勧めだね」

銀太がさらに艶々に……ゴクリッ。思わず生唾を呑み込む。

「かっ買います！　全部」

「毎度あり！　銀貨五枚ね。あと、これはオマケだよ」

デボラさんはそう言って、綺麗なブレスレットを二つくれた。

「これはね、何処にいてもお互いの居る所が分かるブレスレットさ」

「デボラさんありがとうございます。ブレスレット、大切にします」

オマケと言ってくれたブレスレットは、シンプルなシルバーのチェーンにプレートが付いている。

プレート部分には緑と青の石が埋め込まれていて、オマケにしては随分と豪華だ。

「銀太〜！　ちょっと来て！」

『ふうむ？　何じゃ？』

「ジャジャ〜ン」

俺はブレスレットを銀太に見せる。

『なっ何だこれは？』

「これはな、こうやって着けるんだ」

俺は自分の手首に巻いて見せる。

「このブレスレットは俺とお揃いだよ」

『おっおそろ……』

早速、銀太の右前足に着けてやる。このブレスレットの凄いところは、着けた瞬間に腕に合わせてジャストサイズになることだ。デボラさんスゲエ。どんな仕組みなんだろう。

「うわっぷっ？」

銀太の尻尾が激しく揺れ、ブンブンが凄くて顔にあたる。どうした？　興奮し過ぎだよ。

『フンスッ！　これは主とオソロというやつであろ？　やったのだ。我は「高貴なるオソロ」を手に入れたのだ！』

何だよ高貴なるオソロって。友達のスバルよ……変なことばっか教えてるな。

5　銀太と村に帰ろう

俺と銀太はデボラさんの店を後にして、冒険者ギルドに戻ってきた。今は特別室にまた案内され、ギルマスのシェンカーさんが来るのを待っている。

ギルドに来るまでの銀太が最高に面白かった。

歩くたびにマントが風になびく。それが嬉しいのか、銀太は色んな歩き方をし、どう歩けば一番マントが綺麗になびくのかを試していた。ドヤ顔で。

「くっ……あはは！」

思い出すと笑ってしまう。

『む？　主どーしたのだ？　急に』

「なっ何でもないよ！」

カチャリと扉の開く音と共に、シェンカーさんが慌てて特別室に入ってきた。

「待たせたね！　これがAランクのギルドカードだよ！　大切にしてね」

俺は銀色に輝くギルドカードを貰った。

今までは普通の銅で出来たカードだっただけに、銀色に輝くカードが眩し過ぎる。

「スゲーッ銀色だ！　銀太の色のカード貰ったよ。カッコいいな！」

『我の色と同じだとカッコいいのか？　そうか、我の銀色はカッコいいのか……』

あれ？　何か変に勘違いさせてしまった？

でも嬉しそうに尻尾をブンブン回してるし、もう違うとは言えないな。

「この後、ティーゴ君はどうする予定なのかな？　陛下からの呼び出しがあったら連絡するから、それまでは自由にしててもらっていいんだけど」

「一度実家に戻って、色々と報告しようと思っています」

「ではこの街を離れてしまうのかな？　ちょっと寂しいなぁ……」

シェンカーさんは少し肩を落とす。

「また落ち着いたら戻ってくると思いますけど」

「その時はギルドにも絶対に顔を出してね！」

「もちろん！」

「あっそれと、Aランク以上のギルドカードはそれが通行の許可証になるので、街に入る時にいちいち貰わなくて良いから、楽になると思うよ！」

おお！　ランクが上がるとそんな特典まであるんだな。

「じゃ、俺達は村に帰ります。またこの街にも遊びにきます」

「絶対だよ」

俺達はシェンカーさんやギルド職員さん達に盛大に送り出され、冒険者ギルドを後にした。

『主、違う街に行くのか？』

「俺が生まれ育った村に帰ろうと思ってな。銀太を俺の家族に紹介したいし」

『家族に紹介⁉　何と我は【家族との戯《たわむ》れ】とやらが出来るのだな！　至福《しふく》の時だと聞いておる。これは楽しみだのう』

だから何だよ。家族との戯れって！　友達のスバルの教えは面白過ぎる。いちいち大袈裟《おおげさ》だ。

さて、街から村までは急いでも一週間はかかる。その間に魔獣や魔物に襲われる可能性もあるし、俺の装備も整えないとな。

まぁ銀太が側に居るから、魔獣達は怖くて寄ってこない可能性の方が高いが。

「よし。まずは防具屋に行こう」

俺と銀太はシェンカーさんに教えてもらったお勧めの防具屋に向かう。

銀太はマントが一番カッコよく揺れる歩き方をしながら俺の横を歩く。

しばらく歩いていくと小さな看板が目に入る。

【ドラファの防具屋】。

以前の俺なら金もないから見ているだけだった、憧れの店。今日はここで自分の防具が買えるんだな。何か緊張してドキドキしてきた。

恐る恐る、お店のドアノブに手をかける。

店に入ると、中には目移りするほどに色んな防具があった。こんなにあると、どれが良いかなんて決められないよ。

そうだ、こんな時はデボラのお店で大活躍だった鑑定が役に立つ。

俺は店頭にある防具を全て鑑定していく。


【鋼の鎧】

ただの鋼で出来た普通の鎧。

【鎖帷子《くさりかたびら》】

ドラファがそれ風に作った防具。

【金の兜《かぶと》】

金で出来た普通の兜。ゴージャスなだけ。

なっ何だこれは……デボラのお店と同じ？

いや、違う。俺を試してる？

「欲しい物はあるか？」

店主のドラファさんが出てきた！

真っ白な髭《ひげ》が胸まである、背の低い爺《じい》さんだ。

「欲しい物というか、何でこの良い防具が叩き売りの所に交ざってるのかと思って」

俺は一見普通の冒険者服を手に取った。

「ほう？　お主は今手に持っているものが良い防具だと？」

「そうだな！　店頭にある中ならこれが一番だ」

「やるな！　それを見抜いた奴は久方振りだ！　最近の奴は見目ばかり気にして肝心の付与のことが全く分かってない！　だからこうやって、見る目がある者には良い物を安く、見る目がない者にはどうでもいい屑防具を高値で販売しておる！」

なんか、デボラさんと気が合いそうな爺さんだな。

「ちなみに、この服は本当にこの値段で良いのか？」

「もちろんだ！　一度付けた値段を変更するなど商売人としてあり得ない！」

この服、鑑定結果ではこう表示されている。

【英雄の服】
見目は普通の服だが、実はドラファの最高傑作！
防御力　＋５００
効果　麻痺、毒、魅了等の精神・肉体異常は全て無効化
値段　銀貨五枚

あり得ない値段で、最強の防具服を手に入れることが出来た。

銀太と出会ってから俺は恐ろしく運が良い、もしかして銀太の最強の幸運のおかげ？

俺は早速新しく手に入れた防具服を着てみる。

シンプルな黒のシャツにグレーのパンツ。それに、革？　何の素材だ？　とにかく薄茶のしっかりした素材のロングコート。

前の汚れたツギハギの服装と比べたら雲泥《うんでい》の差だな。新しいのが買えなくて、破れては自分で縫うのを繰り返した服ともお別れか。

後は旅の準備の品々を買いに行かないと。

銀太のおかげで神スキル【アイテムボックス】を手に入れたから、重さや量を気にせずに食材や調理道具を持っていける。

【深緑の牙】で冒険していた時は荷物が多くて、背負って歩くのが大変だったな。でも喜んでくれるのが嬉しくって、どんどん荷物が増えていったんだよな。

――アイツ等のこと考えるのはやめよう。思い出すとまだ胸が苦しい。

よし！　楽しいことを考えよう。そうだな……まずは旅を楽しくするために、美味い物をいっぱい買おう。

「銀太。旅の準備をしに買い物に行こうか」

『ふむ！　美味い物もだぞ。ギルドで食べたあの甘味《かんみ》も欲しいのだ！』

ぷっ……食べ物のことばっかりじゃないか。食いしん坊め。

俺達は食材や雑貨などの日用品がまとまって買える商店街に向かって歩いているんだが、街の人が銀太を怖がらなくなっている。

何なら、銀色に輝くふわふわの美しい毛並みを、ウットリ見ている気さえする。

マントのおかげかな？　これを着ていると目立つから、使い獣って分かりやすいのかもな。

銀太もずっと尻尾をフリフリして楽しそうにしているし、そのおかげで怖そうに見えないのかも。

良かった……毎回怖がられてたら銀太が可哀想だもんな。それに、俺も嫌だ。

よしっ、商店街に着いたぞ。ここには旅の準備でしょっちゅう来てたから慣れたものだ。今日は何から買いに行こうかな？

やっぱりまずは道具屋だな。ずっと欲しかったけど買えなかったあれを今日は買いに行こう。

道具屋に入って、奥に居る店主のバクマンさんに呼びかける。

「バクマンさーん！　この前見せてくれたあれってまだある？」

「おお？　ティーゴじゃねぇか。お前、フェンリルをテイムしたらしいな。街ではその話題でもちきりだぞ！」

『ほう、街では我のことでもちきりか』

銀太が道具屋に無理矢理入ってきた。もうお店はギュウギュウだ。頼むから何も壊さないでくれよ。

「ななっ！　カッ……カッコいい！　初めて見たよ、伝説のフェンリル様。こんなに美しくカッコいいのか！」

バクマンさんは怖がることなく大興奮し、銀太に興味津々だ。

『ぬっ？　我がカッコいい？　そうであろ、我はカッコいいのだ。フンスッ』

銀太の尻尾がゆらゆらと動き出した。さっきまでの高速回転が始まったらお店の商品を壊しそうだ。弁償沙汰は勘弁して欲しい。

バクマンさん、お願いだからこれ以上銀太を褒めないでくれ。

「はい。フェンリル様！　カッコよすぎて見惚れます。その麗《うるわ》しい銀色に輝く被毛《ひもう》を是非ともモフモフさせて欲しいです！」

ちょ……!?　バクマンさん？　何を言い出すんですか？

『我をか？　ふうむ、良かろう！　我は今格別に気分が良い、特別に触らせてやろう』

なんと、褒められたのが余程嬉しかったのか、銀太がモフることを許可した。

「わぁぁ！　ありがとうございます！」

オッサンがウットリしながら銀太に抱きつき、ふわふわの毛並みをウットリと堪能している。銀太もどうだ？　と言わんばかりの顔で触らせてるし。俺は今、何を見せられてるんだ？

数分すると、バクマンさんは満足したのか、銀太から離れて頭を下げた。

「はぁぁ……っありがとうございます。私は子供の頃からモフモフに体を埋めるのが憧れだったんです。はぁぁ幸せ」

バクマンさんよ。キャラ変わってねーか？

「ふぅ……ありがとうなティーゴ！　これで俺はいつ死んでも悔いはねーぜ！」

モフり倒して、それでいつ死んでも良いとか……銀太のモフモフの破壊力、半端ねーな。

「……いえ、どーいたしまして」

俺は何とも言えない表情で返事をした。

艶々の顔をしたバクマンさんは、店の奥から何やら道具を持ってきた。

「ティーゴが欲しかったのはこれだろ？」

バクマンさんは魔導コンロをカウンターの上に並べる。

「そうそう！　これが欲しかったんですよ」

憧れの魔導コンロ。持ち運びが出来て、何処でもすぐに温かい料理が作れる。温度調節も出来るから、火が強すぎて焦がすこともない最高の魔道具。ただなぁ、値段が高くて、金貨二十枚もする。だから今まで購入に至らなかったが、今日の俺は違う。このコンロ、買ってやる！

「今日の俺は気分が良い！　特別にこの魔導コンロを金貨十枚で売ってやろう！」

「なっ？　金貨十枚⁉　半額！　いいんですか？　買う、買います！」

これも銀太のモフモフ毛並みのおかげだ。銀太様ありがとう。

俺は満面の笑みで道具屋を出た。

次は甘味屋だ、銀太のおかげで道具が安く買えたからな。お菓子を沢山買ってやろう。

『主、凄いのだ。この場所は甘くて良い匂いが充満している』

甘味屋に着くと銀太は案《あん》の定《じょう》大興奮だ。

「全種類買ってやるからな、銀太のお気に入りの甘味を探そうな」

『主……我は嬉しい』

この後も色々と買っては、アイテムボックスに入れていき、さぁ準備万端だ！

「街を出て俺の村に向かおう」

俺と銀太は街を出るため門に向かう。

門を出て、のんびりと自分達のペースでシシカ村に向かって歩き出した。

整備された街道を二時間ほど歩いて行くと、街道のあちこちが崩れ、整備が行き届いていないでこぼこした道に変わる。この辺りから底辺魔獣がチラホラと現れ出すんだが……全く遭遇しない。

こんなこと……未だかつてなかった。

何となく理由は分かるが……。

魔獣達は銀太が怖いんだろうな。

まぁ……何もなく安全な旅が出来るから俺は有難いけど。


「大分歩いたな。今日はここら辺で野営しようか」

少し開けた場所を見つけたので野営の準備をしようとすると、銀太が何かに気付いた。

『――主、人の悲鳴が聞こえる。どうする？』

どうするかって？　答えは決まってる。

「誰か襲われてるのか？　それなら助けに行かないと！」

『では主、我の背中に乗れ！　急ぐのだ』

「分かった」

背中に乗ったは良いが、銀太は物凄いスピードで走る。俺はモフモフを堪能するどころか、振り落とされないように必死にしがみ付いた。

俺達がたどり着いた場所では、複数のゴブリンやオークに人が襲われていた。

ん？　人と人も争っている。あれは盗賊か！　馬車の中に居る人を襲っているんだな、中の人は無事なのか？

『主、この襲われている人を助けるのだな？』

「そうだ！　どうやって助ける？」

『すぐに終わる』

銀太がそう言うと、無数の雷が魔獣や盗賊に向かって落ちていく。

次の瞬間、馬車を襲っていた魔獣や盗賊達は気絶し倒れていた。

銀太スゲエ。強さが半端ない……さすがＳＳＳランク。

助けられた人達もポカンとし、自分達に何が起こったのか理解出来てない。

銀太と一緒に馬車に近付くと、フェンリルだ！　とまたパニックになったのは言うまでもない。


「ありがとうございます！　助かりました。急に盗賊団が現れて応戦していたら……魔獣まで襲ってきて、護衛達もパニックになり……どうすることも出来ず。私達はここで死ぬのかと思いました」

「ありがとうございます。怖かった」

豪華な馬車の中から、身なりの良い服を着た恰幅《かっぷく》の良いおじさんと、可愛い女の子が出てきて俺と銀太にお礼を言う。

親子かな？　おじさんは五十歳前後で、女の子は十歳くらいかな？

「私は主に宝石などを取り扱う商会を経営しておりまして、ルクセンベルクの街に商品を運んでいる途中に盗賊団に襲われて。さらに魔獣まで現れて……ですが商品も命も無事！　本当にありがとうございます！」

おじさんの隣にいた傷だらけの人が俺の手を握った。

「いやぁ本当に助かったよ。俺達は護衛で雇われていたのに、雇い主を守れず全滅するところだった」

「「「感謝します！」」」

そう言って、護衛の人達全員が俺と銀太にお辞儀した。

「申し遅れました。私はジェラール商会のイル・ジェラールと言います。こちらは娘のミミリー・ジェラールです」

「ミミリーです」

恰幅の良い男性が俺に自己紹介をする。

ん？　ジェラール商会だって⁉

俺でも知っているくらい有名な、この国イチの大商会だ。どの街にもジェラール商会の支店があって、扱う品物の種類は多岐《たき》にわたると聞いた。

凄い人を助けたな……俺。

「俺は魔物使いのティーゴです。コイツは使い獣の銀太です」

「あの……コチラの使い獣はフェンリル様ですよね⁉　伝説のフェンリル様を使役出来るなんて！　商会をやっていて色んな街に行きますが、初めて知りましたよ。しかも、こんなにも美しいのですね」

「本当です！　私は美しい銀色の毛を触ってみたいです」

イルさんとミミリーちゃんがウットリと銀太を見ている。

『そうであろ。我は美しいのだ』

銀太は美しいと言われて嬉しいらしく、いつもより尻尾の回転が激しい。

日も暮れそうだし、みんなで相談し、これ以上は移動せずにこの場所で野営をすることに決めた。

盗賊団の奴等は護衛の人達がロープで縛り上げ、明日、警備隊が引き取りに来ることになった。

グゥー……。

盛大に腹が鳴る。お腹空いたな。

銀太が倒したオーク肉も沢山手に入ったし。そうだ！　みんなでオーク焼き肉をしよう。

そうと決まったら早速準備だな。外で肉を焼く時には大きな石が役に立つんだ。俺はウロウロと歩き、丁度良い大きさの石を探す。

「おっ、これなんかいい感じだな」

石を見つけたら、次はこれを簡易的な焼き台にする。

「なるほど、石を鉄板の代わりに使うとはナイスアイデアですね！　本当に私共まで食べてよろしいのですか？」

イルさんが眉尻を下げ、申し訳なさそうに聞いてくる。

「もちろんだよ。こんなに沢山のオーク、俺達だけで食べ切れないからな。それに焼き肉はみんなで食べた方が美味い！」

「ありがとうございます」

俺は肉を並べて焼いていく。少しすると、ジューッ、パチパチッと肉の焼ける良い音が響き、匂いが辺り一面に漂《ただよ》う。

この場にいる全ての人の生唾を呑み込む音が聞こえてきそうだ。それほどまでに、みんなの視線が肉に集中する。

「さあ！　食べようか！」

そう言うと大歓声が巻き起こる。みんな合図を待っていたみたいだ。

「オオー！　まさか野営でバーベキュー出来るなんてな！」

「最高だ！」

「冷えたエールが欲しいところだな！」

「はぁ、なんて美味そうなんだ」

フフッ……みんなでワイワイ食べるのはやっぱり良いな。

俺は自家製の特製ダレに焼いた肉をつけて食べる。

「うんまー！」

やっぱりこのタレだな。

『美味い！　このタレというのが肉にあうの。オークがこんなに美味く食べられるとはの。ティーゴは凄いの！』

銀太が尻尾を振って特製ダレを絶賛する。その一部始終を見ていたイルさんが、少しモジモジしながら話しかけて来た。

「あのう……フェンリル様が大絶賛しているタレとやらを私にも味見させてもらえませんか？」

銀太があまりにも美味そうに食べるから気になったみたいだ。

「良いですけど、俺のオリジナルなんで気に入るかは分からないですよ？」

俺は焼いた肉にタレをかけ、イルさんに渡した。

タレのかかった肉を口に入れ、美味しそうに咀嚼《そしゃく》するイルさん。

「美味しい！　アッサリとしていながらコクがあり、これなら肉がいくらでも食べられる！　はぁ、口の中が最高に幸せです。ティーゴさん、お金を払いますから、このタレを分けてください！」

イルさんはタレが余程気に入ったのか、まだ欲しいと言うので作り置きを分けてあげた。

なんとタレに銀貨五枚も出してくれた。

貰い過ぎだと言っても、この美味しさならもっと出しても良いと言ってきたので、素直に貰った。

材料費なんて、銅貨五枚ほどなのに。ラッキーだな。

肉の焼ける良い匂いで盗賊達はヨダレを垂らしていたが……お前達にはやらねーよ！

閑話　深緑の牙――ガストンと転落の引き金

やっと……やっと十五階層まで戻ってこられた。

「ワープポイントが……見えた」

「良かった……やっと出られる」

もう俺達はボロボロだ、今ならゴブリンにさえ殺《や》られるだろう……何の力も出ない……丸一日、水さえ飲んでない。

メンバーの愚痴はもう聞き飽きた。やっとそれからも今日で解放されるんだ。

俺達は全員でワープポイントを踏んだ。

眩い光が俺達を包み、地上に出た。

「やっと太陽の光を浴びられるわーっ！」

メリーが興奮して叫ぶ。

「ダンジョン攻略でこんな目に遭うなんて……生きて帰れて良かった」

「本当に！　良かったよー」

ミナとエリックは手を取り合って喜んでいる。

「おい！　あれって【深緑の牙】じゃねーか？」

「本当だな！　隊長に報告しないと」

ダンジョンを脱出し、歓喜の声を上げていると、周りの視線がやたらと気になる。

んん？　何だ？　周りの奴等が俺達のことを見て、何かヒソヒソと言ってないか？

見た目がボロボロだからか？

すると一人の男が近寄ってきた。

おっ、あれは知っている警備隊の奴だな。

「ガストンよ。ダンジョンから出てこられたんだな」

無表情に質問してくる男に対して、俺は少し疑問に思いながらも意気揚々と答える。

「おう！　そうなんだよっ！　色々あってボロボロになっちまったけどな」

「……あんなことしといて、よくそんな態度が取れるもんだ」

「えっ？　何か言ったか？」

それきり、警備隊の奴はフイッと何も言わずに立ち去ってしまった。

何だあの態度。いつもなら世間話とかするのによ？　虫の居所でも悪いのか？

俺が首を捻《ひね》っていると、メリーが急かしてくる。

「ねえガストン！　早く街に帰ろうよ。何か食べたいし。服も着替えたいし！」

「ん……ああ。そうだな！　今日は帰ったらみんなで祝杯だな！」

「「「良いねー！」」」

するると、陽気になった俺と仲間達に、さっきとは別の警備隊の人間が声をかけてきた。

「ちょっと良いか？　お前達、【深緑の牙】だな。俺は警備隊長のシルクだ！」

「えっ？　そっそうだけど。何だ？」

警備隊長の厳しい表情に、俺はただならぬものを感じ取った。

シルクはこちらには構わず、話を進める。

「お前達にはもう一人メンバーが居たと思うが？　何処にいるんだ？」

警備隊長が何でいきなり、アイツのことを聞いてくるんだ？

何だ？　何か変だ……胸の奥がザワザワする。

「アイツは……俺達のために自らを犠牲にして、助けてくれたんだ」

俺達は不安になりながらも、あらかじめ決めていた通りに、シルクに話した。

「ふうん。フェンリルが現れてティーゴが自ら囮になって、その間にお前達が逃げたと？」

「そうなんです。私達を助けるために大切な仲間が……死んでしまうなんて」

メリーはそう言って涙ぐむ。なかなか演技派な奴だ。

「へぇー？　お前達の言い分は分かった。後はギルドマスターの前で直接話してくれ！」

「エッ？　今からだって？　私達、ダンジョンを出たばかりなのに」

メリーが勘弁してくれと言いたげに警備隊長を見る。

「疲れてるから明日にしてくれねーか？」

俺もそれに便乗して、強めに要求してみた。

「あー。それは出来ないな！　今すぐ冒険者ギルドに一緒に行ってもらう。逆らうなら無理矢理連れて行くだけだ！」

警備隊長にギロリと睨《にら》まれては、みんな何も言い返せない。

俺達は渋々ついて行くことにした。

冒険者ギルドに着くと、周りの冒険者仲間の様子が明らかにおかしい。

俺達を見て睨む奴が居て、コソコソ悪口を言われている気さえする。

何だ？　俺達はダンジョンから命辛々《からがら》逃げてきたんだぞ。

いつもなら労《ねぎら》ってくれる奴もいるはずなのに、何かがおかしい。

違和感を覚えながら、俺達はギルドの広間で呆然と立っていた、すると受付の女が呼びにきた。

「お部屋に案内いたします」

俺達は案内された部屋で、黙ってギルドマスターを待つ。

「こんにちは、ダンジョン攻略お疲れ様。僕がギルドマスターのシェンカーだよ」

ギルドマスターと名乗る男――シェンカーが俺達の前に現れた。その手には何かを持っている。

「今から君達にはこの真実の水晶の前で、仲間が犠牲になった話をしてもらう！　水晶が赤く光れば嘘を言っている。光らなければ本当。うん、簡単だね」

そう言ってシェンカーはニコリと笑った。

「えっ？　なっ⁉　真実の水晶だと！」

ちょっと待ってくれ！　まずいだろそれは。俺達の嘘が全てバレる。

「真実の水晶がどうかしたのかな？　君達は何かやましいことでもあるの？」

「いやっ！　何もない！」

そう言われ慌てて否定するも、冷静でいられるわけもなく。

やばい！　汗が止まらない。

何でこんな大事《おおごと》になってやがるんだ。

ダンジョンで仲間が死ぬなんてよくある話じゃねーか。そんなことで真実の水晶を使ったなんて話は聞いたことねーぞ。何で俺達が水晶を使われるんだ？

「では質問！　君達の仲間ティーゴは、フェンリルの前でどんな行動をしたの？　水晶に触って、答えてくれるかな」

「あのさっ？　ここまでする必要があるか？」

俺は必死に訴えるが、シェンカーは取り合わずに淡々と事を進めていく。

「水晶に触れ、質問に答えて」

そう言われても、素直に水晶に触れることなど出来るはずもなく、じっとしていると――。

「早くしろ！」

警備隊長に無理矢理手を掴まれ、真実の水晶の上に置かされる。

「ええと？　仲間のティーゴ君は、フェンリルを前にしてどんな行動をしたのかな？」

言えるはずないだろ……っ！　答えられずに黙っていると警備隊長に睨まれ、さらに答えろと言わんばかりに背中を蹴られた。

「だっ……っ！　だから……フェンリルが突然現れた時に……そのっティーゴが自ら……囮になってくれた」

すると真実の水晶が真っ赤に光る。

「はい、嘘だね」

ギルドマスターのシェンカーは冷たい目をして微笑んだ。

「はい！　ありがとうございます。大切な仲間に、無理矢理麻痺の魔法をかけて囮にした鬼畜《きちく》パーティさん！」

「なっ何でそれを……あっ違っ！」

思わず墓穴《ぼけつ》を掘ってしまったが、もう遅い。

「あのね？　ティーゴ君は死んでいないよ？　っていうか、君達よりも先に街に帰ってきてる。君達のしたことは全てみんな知ってるんだよ！」

「なっ……!?　そんな……アイツが生きてるだと？」

他のメンバーの顔色はもう真っ青だ。そりゃそうだろう、自分達の悪事が全てバレたのだ。俺だって冷や汗が止まらない。

「まぁ、ティーゴ君が生きていてくれて良かったね？　死んでたら君達は速攻牢屋《そっこうろうや》行きだよ？」

シェンカーが冷酷な表情をして俺達を睨んだ。

「ヒイッ！」

「それで今回の君達の処分だけど、パーティランクをFランクに降格することに決まったよ。それくらいで済んで本当に良かったね」

何が良かっただ？　コイツは何を言ってるんだ？　Bランクまで上がった俺達が最低ランクのFランクスタートだぞ？　何も良くねーだろーが！

「ええと……補足すると、君達の信用はガタ落ちだよ。仲間を囮にするような奴等とパーティを組んでくれる者は、もうこの街には居ないと思うよ？　精々《せいぜい》今のメンバーを大事にして仲良くやることだね？」

ギルドマスターに吐き捨てるように言われ、俺達はギルドを後にした。

その後のことはよく覚えていない。俺はフラつきながら、借りている部屋にどうにか戻った。

くそ！　くそ！　くそ！　くそ！　今まで上手くいってたのに！　何で今更Fランクからスタートなんだよ！

これもティーゴがしぶとく生きてたせいだ！　俺達のために死んどけよ！　ティーゴのクセに生意気なんだよ！

許せない！　次にティーゴに会ったらボコボコにしてやる！

6　のんびり幸せ旅

んんーーっ！　よく寝た。

いつもならテントを張って寝るんだけど、昨日は銀太にくっついて寝た。

銀太布団はふわふわで温かくて最高だった。

野営する時はいつも魔獣や盗賊を警戒して熟睡出来ないのに、銀太が側にいる安心感でよく眠れた。

さてと……小腹も空いてきたし、朝食の準備をしよう。

今日の調理の主役は【魔導コンロ】だ。これを使って何か作りたい。

何を作ろうかな？　悩むな……ここはやっぱり安定のスープを作ろうかな。

料理が決まると、俺はオーク肉と野菜を細かく刻んで鍋に入れ、じっくり煮込んでいく。時間が経つとオーク肉はほろほろになるまで柔らかくなり、後は仕上げに味を少し調整したら、スープの完成だ！

美味そうなスープの匂いが食欲をそそり、思わず生唾を呑み込む。

一口味見してみるか？

「うんまっ」

肉は蕩《とろ》けるように柔らかく煮込まれ、噛まなくても良いくらいだ。

温かいスープが疲れた体を癒してくれる。

『……主。良い匂いがする。我は腹が減ったのだ』

「おはよう銀太。丁度スープが出来たところだよ、朝食にしようか」

匂いに釣られて食いしん坊の銀太の目が覚めたので、一緒に朝食を食べる。

「このパンをスープにつけて食べても美味いぞ」

『美味いのう！　パンも中々合うの。ティーゴのご飯は全部美味いのだ、我は幸せじゃ』

ふふ、美味しいって言って食べてもらえるのは本当に嬉しい。

「良い匂いがしますね～」

「イルさん！　おはようございます」

イルさんが俺達の所に歩いてきた。俺が飲んでいるスープを物欲しそうに見る視線を無視出来ず、つい彼が求めていそうな言葉を言ってしまう。

「スープ飲みますか？　多めに作ったのでまだ沢山ありますよ」

こんなに涎《よだれ》を垂らしてスープを見つめるイルさんを、ほっとける人が居るなら教えて欲しい。俺はさすがに無理だ！

「良いのですか？　催促《さいそく》したようで申し訳ないんですが、朝から温かい食事が食べられるなんて感激です！」

「あっ！　良いなー私も食べたい！」

匂いに釣られてミミリーちゃんまでやってきた。

「クスッ。いっぱいあるんでミミリーちゃんもどうぞ！」

「やったー！」


「行商《ぎょうしょう》の荷物が多いから調理道具までは持ち歩けないので、旅の間は携帯食が多くて、干し肉や硬いパンばかり。今日はティーゴさんのおかげで朝から幸せです」

俺は旅に出ても、食べ物は美味しく食べたいってこだわりがあって、【深緑の牙】の時も、重くても色々な材料や調理道具を持ち歩いてたなぁ。

みんなに美味しいって言ってもらえるのが嬉しくて……はぁ。

またアイツ等のこと思い出しちゃったよ。

『主〜！　おかわり』

「はいはい。ちょっと待って」

今は銀太がいる。余計なこと考えたって仕方ない。

……ん？　護衛の人達も美味しい匂いが気になるのか、こちらをチラチラ見ている。

よく見るとみんな、干し肉しか食べてないな。

分かったよ！　もう一回スープを作るか。

アイテムボックスの中には大量の材料が入れてあるからな。ここに居る人達を満足させるくらいの量は余裕だ。

俺は護衛の人達にも声をかける。

「みなさんも一緒にスープ飲みませんかー？」

「おっ俺達までいいのか？」

護衛の人達は嬉しさのあまり瞳の輝きが増し、期待しているのが分かる。

「もちろん。沢山あるんで一緒にどうぞ」

「「「ありがとう！」」」

この後、みんなでスープを美味しそうに食べてくれた。

幸せそうに食べている笑顔を見るだけで、俺は嬉しくて胸が熱くなった。みんなに食べてもらえて本当に良かった。


出会いもあれば別れもある。

仲良くなっただけに、別れは少し寂しいな。

朝食を終えた俺は、出発の準備を整えた。

「ではイルさん。俺達はシシカ村に向かうのでここでお別れです」

「ティーゴさん。本当にありがとうございました。この御恩は絶対に忘れません。それで、お礼なんですが、このカードを受け取ってください」

そう言ってイルさんは、胸のポケットからキラキラと輝く金色のカードを出し、俺に手渡した。

そのカードは眩しいほどに金色に輝いている。いかにも高級な何かってのは無知な俺でも分かる。

「あの……このカードは？」

聞くのが怖い気もするが、勇気を出し質問する。

「このカードは、ジェラール商会が経営する宿泊施設にいつでも無料で泊まれるカードです。是非貰ってください」

はぁ？　今なんて言った？　ジェラール商会の施設に無料で宿泊出来るだって？

「ひょっ！　そそっ、そんな凄いカード貰えません」

俺は慌てて断った。だがイルさんは引き下がらない。

「いえ！　絶対に貰ってください！」

返そうとしたカードは受け取ってもらえず、イルさんの謎の迫力に負け、渋々貰うことにした。

「ありがとうございます……」

凄いカードを貰ってしまった。この先、このカードを使うことなんてあるんだろうか？

「後、こちらも貰ってください。我がジェラール商会は今、革製品に力を入れておりまして！」

そう言ってイルさんは、最新のデザインの革のベルトや胸当等、冒険者に必須の小物類を俺にタダでくれた。

履き潰して革が捲《めく》れ、少し穴の空いていたブーツまで、最新のデザインのブーツに。俺の姿は、一気に今時の冒険者の服装に変わった。

「ティーゴさん。カッコいいですわ！　凄く似合ってます」

ミミリーちゃんがやたらと褒めてくれる。さすがに照れるな。

「私達は二ヶ月ほどルクセンベルクの街に滞在予定です。よろしければこの街で、またティーゴさんにお会いしたいです」

ルクセンベルクは、シシカ村からそう遠くない地にある大きな街だ。

「村を出発したら、是非寄らせてもらいます！」

「絶対だよ？　ミミリー待ってるからね？」

「おう。約束だ！」

俺はニッコリ笑い、ミミリーちゃんと握手する。

そして、シシカ村の方角に向かって、再び歩き始めた。

「さよなら～！」

『またのう』

「またお会いしましょうね！」

「「「またなー」」」

護衛の人達まで手を振って見送ってくれる。

俺と銀太はイルさん達に別れを告げ、シシカ村へと向かった。


イルさん達と別れた後、俺は村に向かう途中の森で、銀太に魔法を教えてもらうことにした。

銀太をテイムしたことにより、運良く全属性魔法が使えるスキルを手に入れた。

テイムした使い獣のスキルを、必ずではないが貰うことが出来るのは本当に有難い。

鑑定は簡単にサクッと使えたけど、さすがに魔法となると練習が必要だ。俺はまだ何の属性魔法も使いこなせない。

『水魔法と風魔法、どっちの基礎を練習するかの？』

銀太が魔法を選べと聞いてくるが、今まで魔法が全く使えなかった俺が選べるわけもなく。

「銀太に任せるよ！」

ここはひとまず銀太に決めてもらうことにした。

『では水魔法の魔力操作にしようかの』

水魔法の魔力操作か！　何だかワクワクしてきた。

『まずは全身の魔力を意識して、それを指先に集めるイメージで集中させてみるのだ』

うん？　手に集中させるだと？　思ったより難しいな。

「えっと、こう？　か？」

『それじゃと魔力が全身から大量に放出されておる！　指先をイメージするのじゃ。主の魔力は桁違いだからの！　上手く魔力コントロールが出来ないと大変なことになる』

魔力コントロールかぁ。案外難しいな……イメージが大事なんだよな。

指先に魔力が集まる感じをイメージして……。

「あっ何かが手に集まってきたのが分かる！」

凄く手が温かくなってきた、というか、変な感じだ。

『ほう……ではこれを真似してもらおうかの？　ウォーターボール！』

目の前に、俺の顔と同じくらいの大きさの水の球体が現れた。

それを銀太は自在に操《あやつ》る。

「すげえっ、さすがだな銀太！」

『そうであろ、そうであろ。我は凄いのだ』

褒められて嬉しい銀太は、フンスッと鼻息を荒くする。

よっし！　俺もやってみるぞ。

「ウォーターボール」

おっ？　銀太みたいに水の球体が出たぞ。

いいんじゃないか？

んんっ？　あれっ？

上空にある水の玉はドンドン大きくなり、気付けば銀太の出した球体の三倍以上の大きさに!!

「ぎっ銀太ー！　玉がドンドン大き……」

『早く魔力を注ぐのを止めるのだ！』

「えっ止める？　こうか？」

『あっ違っ……』

バアァァァァァァァーン!!

上空で大きな水の玉が破裂した。

俺と銀太は水を全身に浴びてずぶ濡《ぬ》れだ。

『「………」』

呆れた顔をした銀太と目が合う。

「プッ……あはははは っ」

銀太は水に濡れて、自慢のふわふわの毛がペッタリと体についてひと回り細くなったように見える。その姿が面白くって、俺は笑いが止まらない。

『笑っている場合ではないのだ！　我まで全身が濡れたではないか！』

「ゴッ、ゴメンな？」

『むうっ……我は許さんのだ！　カッコいいマントが濡れたではないか！』

「ゴメン。銀太の大好きなケーキをあげるから。特別にクッキーも付けよう！」

銀太がケーキと聞いて生唾を呑み込む。

『まっまぁ……仕方ないのっ？　初めて使った魔法だしのっ、許してやるのだ。ケーキとやらを寄越すのじゃ』

俺はアイテムボックスからケーキとクッキーを出して、銀太にあげる。

『うっ美味いのだ！』

銀太は甘味が嬉しくて尻尾をブンブン扇風機のように回すから、水しぶきが俺に飛んでくる。

「わっぷっ」

まぁ、良かった良かった。許してくれたんだし。

それにしても濡れたなぁ。

そうだ！　ついでに銀太を洗おう。デボラのお店で買ったモフモフになるシャンプーとオイルを試してみたいし。

「銀太、シャンプーで洗ってやるよ。さらに毛艶《けつや》が良くなってカッコよくなるぞ」

銀太はその言葉に、食べていたクッキーを急いで咀嚼《そしゃく》する。そんなに慌てて呑み込んだら喉に詰まるぞ？

『何じゃと？　さらにカッコよくなるのか！　シャンプーとやらは？　早くするのだ！』

俺は手のひらでシャンプーを良く泡立てながら、銀太の体を丁寧に洗っていく。体長二メートルもあるから、これは中々体力がいるな。

『気持ちが良いのだ。シャンプー。あっ！　そこじゃっ！　もっとゴシゴシを』

ふふっ、気持ち良さそうだな銀太。

「ふーっ」

後は水で流すだけ。手からチョロチョロと水が出るのをイメージして。

すると、手から少量の水が出てきた。

「出来たっ銀太。水が思った感じで出たぞ」

『やるではないか主！　それが魔力コントロールじゃ』

水で銀太を綺麗に洗い流したら、後は乾かすだけ。

「なぁ銀太、風魔法で乾かせる？」

『こんなのは一瞬だの』

そう言うと本当に一瞬で乾いた。

すげえ……タオルいらずだ。

さあ、この後はオイルを塗ってブラッシングしてっと。

銀太の美しい被毛はさらにキラキラと輝き、より一層ふわふわに。そしてほのかに良い匂いがする。

『ほおー。我の毛がキラキラ輝いておる。ふうむ？　カッコいいかの？』

「ふふっ、もちろんカッコいいよ。本当に綺麗だな」

銀太を洗い終えると、ぐぅうーっと大きな腹の音が空腹を教えてくれる。もうそんな時間か。

「そろそろご飯にしようか」

『我はカラアゲが食べたいのだ！　あれは最高に美味いのだ』

「了解。カラアゲだな？　ロックバードの肉で作るか。すぐに準備するからな」

銀太は人族の料理もそれなりに知っているようだ。年齢こそ詳しく聞いていないが、ＳＳＳランクということは相当の長生きだろう。人族の料理を食べる機会もあったのかもしれない。

鳥肉を揚げ終わって器に盛っていると、突然、突風が俺達を襲う。

「ウワップッ!?」

何だこれ？　風が凄すぎて……立ってるのがやっとだ。

『ふぅむ？　この気配は！』

何かが目の前に舞い降りた。

突風と共に、五メートルはある大きな魔獣が目の前に現れた！

俺、大丈夫……だよね？

7　グリフォンのスバル

何だ？　銀太とあの大きな魔獣……グリフォンか？　仲良さそうに話をしている。俺には二匹が何を話していのるか分からないが。

「銀太？　知り合いか？」

『ふむっ主！　こやつが我の友達の、グリフォンのスバルだ！』

スバル！　コイツかっ、銀太に変な話ばっか教えてる個性的な友達は。

『なっ！　フェンリルの？　人語が話せるってことは⁉　もしかして？』

『そうじゃ！　こやつは【我の主】ティーゴじゃ！　そして我はフェンリルではない！　【銀太】だ！』

『主だと⁉　スゲエじゃねーか‼　【銀太】か！　カッコいい名前だな！　俺の【スバル】の次にな！』

『なっ、我の名前の方がカッコいいのだ！』

急に二匹の言葉が分かったと思ったら……この二匹は何をしょーもないことで言い争いしてるんだよ。どっちがカッコイイとか、そこ重要か？

『それに見よ』

銀太は自慢のマントをスバルに見せた。

くるりと舞い、一番カッコよくマントがなびくように動き、スバルに見せつける。

『グッ……カッコいいじゃねーか！　だったら、これを見ろよ』

スバルは煌《きら》びやかなネックレスを銀太に見せる。

そしてさらに美しく輝くように、それを天に掲げた。
『ぐぬぅ……！　そのキラキラはカッコいいのだ』
『くっ……！　銀太のマントも中々のモンだぜ？』
二匹は少し悔しそうに相手の自慢の品を褒めた。
「フグッ！」
……もう我慢出来ない。
「あはははははっ！　なっ何やってっぷぷっ」
『なっ？　主？　何が面白いのだ？』
『そうだぜ！　俺達は真剣に！』
あれ？　やばいっ、面白過ぎるとか言えない空気だ。
「ゴメンっ……そのっ、あまりにも銀太とスバルが可愛いからさっ」
可愛いと言われ、スバルは少し照れ臭そうにする。
『かっ可愛い？　俺が？　銀太の主殿はそのう……見る目があるな』
『そうであろ。我が主は最高なのだ』
勝手にいいように勘違いした銀太とスバルは、何やら嬉しそうだ。
『銀太、良かったたな、念願の主に出会えて。最高だろ？　主は』
『スバルの話の通りであった！　心が満たされ幸せだ。それに飯が全て美味いのだ！』

銀太は尻尾を左右に振りながら俺のことを褒めてくれる。

『だろ？　俺も主が居た時の飯が一番美味かった。でも今は何を食べても、あの時ほどに美味いとは思えない』

スバルは少し寂しそうに前の主のことを語る。

そんな話を聞いたら、美味い飯を腹一杯食べさせたくなるだろ……。

「あのさ、今から銀太とご飯を食べるんだけど、スバルも一緒に食べないか？」

スバルは目を輝かせて俺を見る。

『良いのか？　俺も一緒に食べて？』

『飯はいっぱいで食べる方が美味いからのう！』

『嬉しいぜっ！　銀太にティーゴの旦那《だんな》！』

スバルが楽しそうに、大きな翼を上下に動かすので突風が俺を襲う。

「ウワップッ」

『今日は我の大好きなカラアゲだ！　美味いぞ！』

あっ！　そうだ、ご飯ってロックバードのカラアゲだった。けど大丈夫なのかな？　同じ鳥類だけど……共食いになる？　大丈夫なのか？

スバルを見ると、すでに美味しそうにカラアゲを食べていた。

『ウメェな！　ロックバードがこんなに美味くなるなんて！　【カラアゲ】、俺も気に入ったぜ！

ティーゴの旦那は料理が上手なんだな！』

スバルよ……ロックバードは大丈夫なんだな。

『主の飯は美味いか。むっふーそうであろ。そうであろ』

俺が褒められてんのに、銀太は自分のことのように嬉しそうだ。

クッ……可愛過ぎる。

『ああっ、何百年ぶりだろうな！　こんなに美味い飯を腹一杯食ったのは。ティーゴの旦那！　ありがとう』

あまりにも大袈裟なスバルに、俺はつい苦笑する。

「飯ならいつでも食べさせてあげるから、食べたくなったら俺達の所に遊びにおいで」

『ありがとう旦那……あっ！　ティーゴの旦那が手につけてるのは、銀太と同じ……？』

『ククッやっと気付いたかの？　これは高貴なるオソロだ！』

『なっ！　お前、高貴なるオソロを手に入れたのか！　やったな……銀太』

スバルはよく分からない理由で感動している。

だからな？　何なんだよ、高貴なるオソロって！

閑話　深緑の牙——ガストンと転落の始まり①

俺達は部屋に集まり、今後のことについてメンバー全員で話し合いの場を持った。

「【深緑の牙】はFランクになってしまった。これも糞《くそ》ティーゴが生きていたせいでな！」

俺が拳を握ると、メリーが同調する。

「本当にそうよ、ティーゴの癖に！　何で私達がFランクからスタートなのよ、絶対に許せないんだから」

「……」

ん？　あれ？　いつもならここでエリックが何か言うのにな。

何だ？　エリックの奴、苦虫を噛み潰したような難しい顔しやがって。

不思議に思ってエリックを見ていると、突然語り出した。そう、重要なことを！

「ガストンよ、俺はな……ティーゴが生きていてくれて、本当に良かったと思った。心の底からホッとしたよ」

「なっエリック？　どーしたんだよ急に⁉」

「ダンジョンでいきなり下に落ち、フェンリルが現れてティーゴを置き去りにした時は、正直バカにしてたこともあって何も思わなかった。でもアイツが居なくなってからの俺達は最悪だった。今まではティーゴが全て準備してくれたから、ダンジョンだって難なくクリアしていけてたんだってつくづく思ったんだよ」

予想外の言葉に、俺は唖然とした。エリックは眉間に皺《しわ》を寄せたまま話を続ける。

「俺達はアイツに頼りっきりだった癖に、いつの間にかバカにして、下に見るようになって。でも本当の俺達は、アイツが居ないと何も出来ない。命辛々ダンジョンから逃げ出すので精一杯だった。アイツの補助がないと何も出来ない癖に……！　自分の実力を過信してティーゴに偉そうにふるまって、俺達は最低だ。許してくれないと思うが、いつかティーゴに会えることがあるなら、俺は謝りたい」

なっ何を急に……エリックは何を言ってるんだ？　ティーゴのお陰でダンジョンをクリア出来ていたって？　はぁ？　アイツは何もしてないだろうが。それに糞が生きていて良かっただと？　そんなわけあるか！　アイツのせいでこんな目に遭ってるんだぜ？　俺達をこんな状況にしたのは全てアイツだ。

すると、今まで黙り込んでいたミナが口を開いた。

「私も同じ、ティーゴがいたから辛い旅も頑張れたんだって今更分かった。自分の方がいつだって辛いはずなのに、いつも笑顔で私を励ましてくれて、だから私は実力が出せたんだ。それを調子に乗ってバカにして。私は最低だ、自分が恥ずかしい。ガストン《あんた》に命令されたとはいえ、最後は私が麻痺の魔法をかけてティーゴを逃げられなくした。後から何度も何度も後悔した。夜だって思い出して眠れなかった……だからティーゴが生きていてくれて……本当に良かった」

ミナまで？　どうしたんだよ⁉

全くついていけない俺を見て、エリックが言う。

「そういうわけだ。俺とミナはこのパーティから抜ける！　ティーゴのことを未だにそんな風に言ってる奴と一緒に居るだけで、虫唾《むしず》が走る」

「私達は冒険者はもう辞めて、違う仕事をするつもりよ。仲間を犠牲にして自分達だけが助かろうとした私に、冒険者をする資格はない！」

「じゃあな」

「じゃあね」

「ちょっ……待てよ！」

二人は俺が止めるのを無視して部屋を出て行った。

先程から呆然としていたメリーが、ハッと我に返る。

「ちょっと！　どーするのよ？　二人も居なくなったらパーティ組むとか無理じゃん！　どーするの？」

「ギャーギャー騒ぐなよ！　新しいメンバーを集めるしかねーだろ！」

「新しいメンバー？　どうやって？」

「冒険者ギルドに行ってメンバー募集をかけよう！」

「そうね。それしかないわね」

俺達はすぐさまギルドに向かい、新しいメンバーを募集したいとお願いすると、受付で「メンバー殺しを仕掛けた【深緑の牙】には、誰も入りたがらないから募集しても無駄だ」と嫌味ったらしく言われて断られた。

何なんだよ糞が！　全てアイツのせいだ！

アイツが計画通りに死んでたらこんなことにはならなかった。しぶとく生き残りやがって。

こうなったらアイツをとことん痛めつけてやらなきゃ気がすまねぇ！

さっき受付のやつが「ティーゴは村に帰って残念」とか話してやがったのが聞こえた。

何が残念だクソッ……ティーゴの癖に。

俺も村に帰って、この怒りを全てアイツにぶつけてやる。

ティーゴの癖にチヤホヤされやがって、調子に乗るなよ。

俺がティーゴを一発殴ってやるって話をしたら、メリーもついてくるって言うから、二人で一緒にシシカ村に帰ることにした。

シシカ村でティーゴに再会して痛めつけることを想像したら、苛立ちが少しはマシになった。

あー早く殴りてぇ！

★　★　★

銀太とスバルはあーだこーだとずっと話をしている。

会話だけ聞いていたら魔獣が話すような内容じゃない。村のおばちゃん達の井戸端《いどばた》会議だ。

コイツ等本当に魔獣なのか？　と疑いたくなる。

あっ！　そうだ、スバルを鑑定してみよう。

《鑑定》

【聖獣グリフォン】
名前　スバル
種族　聖獣
ランク　SSS
レベル　615
体力　86137
攻撃力　85750
魔力　71930
幸運　6314
スキル　全属性魔法　メタモルフォーゼ　神眼《しんがん》

おいおいスバルもSSSランクかよ!?

今までSランクでさえ雲の上の存在だったのに。この短期間で二匹もSSSランクに出会うなんて凄いことだな……ってか普通じゃない。

ん？　種族……聖獣？　魔獣じゃなくて？

「聖獣!?」

あっ!? 声に出てた！

井戸端会議をしていた銀太とスバルが、俺の声に反応してこっちを見る。

『んん？ 聖獣？ そうだぜ、俺達は聖獣だぜ。魔獣と一緒にしてもらっちゃ困るな。何を今更』

へっ？ 俺達？ ってことは銀太も聖獣!?

『本当にの？ 我のステータスを鑑定したのではないのか？』

あーっ！ そこ見落としてたーっ！

聖獣って確か女神様の眷族《けんぞく》だよな？ 神にもっとも近しい存在と、本に書いてあった気がする。

『俺は風の女神リッシェル様の加護があるからな！』

『我は水の女神ジェラルド様の加護を貰っておる』

スバルと銀太が女神様の加護とか言い出した。何だって？

「ちょっ、加護って？ 鑑定で見てもステータスには書いてないよ？」

『女神様の加護は鑑定では見えないよ！ 俺みたいに神眼スキルを持ってないと、全てのステータスは見れないのさ！』

スバルが神眼スキルをドヤ顔で自慢してくる。

知らなかった……鑑定では全てのステータスは見れないんだな。

女神様の加護といい、ＳＳＳランクといい、銀太達の凄さは計り知れないな。

『よしっ、腹もいっぱいになったし、朝の続きをするかの？』

『続き？　……って何のだよ？』

スバルが俺達の会話を聞き、不思議そうに聞いてくる。

「俺の魔法の訓練だよ！　急に魔法が使えるようになったからな」

『ほうほう……！　面白そうなことしてんじゃねーかっ、なら俺が風魔法を教えてやる！　風の女神リッシェル様の加護持ちのスバル様がな！』

なんだかわけが分からないうちに俺は二匹から猛特訓されるみたいだな。倒れないように頑張ろう。


そうして特訓を受けること数時間。

はぁっはぁっ……。

「もう無理だーっ！」

俺は地面に倒れるようにして寝そべった。息をするのも苦しいほどに、体力の限界まで頑張った自分を褒めたい。

『ふうむ！　よく頑張ったのだ！　主は努力家だの！』

『そうだな。俺のシゴキについてこられるなんてな。根性はあるな！』

特訓が終わったら二匹が優しい。さっきまではあんなに厳しかったのに……特にスバル。半分楽しんでたな、あれは絶対。

でもおかげで水と風の魔法は中級レベルまでは覚えた。こんなに早くに魔法が上達するなんて思わなかった。これは先生の教え方が良いんだな。

『主～お腹が減ったのだ。我は甘味が食べたい。疲れた時は甘味が一番とスバルが言っておったのだ！』

スバルよ……お前は本当にいらん話ばっか教えてるな？？　何の豆知識だ。

『そうだ、疲れた時は甘味だ！　俺も特訓のご褒美が欲しいな』

食いしん坊な聖獣様達め。

俺はアイテムボックスからチョコケーキを取り出す。

「はい！　今日は特訓ありがとう」

二匹にチョコケーキを渡す。

すると、ケーキを見たスバルがプルプルと震え出した。

『こっこれは……神々の悪戯《いたずら》！　伝説のチョコケーキ……くっ、何てこった。またこれが味わえる日が来るなんて』

「ブッッ！」

スバルの言葉に思わず俺は噴き出した。

おいおいスバルよ。何だ、神々の悪戯って？　それはただのチョコケーキだよ。神様が何でわざわざケーキに悪戯するんだよ。

『何と……これが神々の悪戯！　伝説のチョコケーキ……やっと我も味わえるのだな！』

銀太よ、乗っからないで。違うから？　それ、ただのチョコケーキだから。

『美味いっ、ティーゴの旦那！　ありがとうな』

『美味いのだ！　はぁー……伝説のチョコケーキ、最高なのだ』

銀太は尻尾ブンブン、スバルは翼をファッサファッサ、どっちも風がヤバイ。大人しく食べてくれますか？

まぁ……美味そうに食べてるからいっか。

夕食はオーク肉バーグにしようかな？　肉汁したたる美味いやつ。

決断したら即実行。俺は早速調理台を広げて、食材を並べていく。

まずはオーク肉を細かく叩いてミンチにした後、香辛料を入れて形を丸く整える。

後は焼くだけ、ココでも魔導コンロが大活躍。焼き上がったら俺特製の野菜ダレをかけて出来上がり。

うーん。我ながら美味そうに出来た。

「銀太ー！　スバルー！　ご飯出来たぞ」

銀太は犬でいうところのお座りの姿勢で待っているが、尻尾は激しく上下に動いて地面を叩いている。

ぷっ……可愛い。尻尾までは大人しく出来ないんだな。

スバルまで銀太の横で同じように座って待っている。

何なんだこの聖獣達は。飯になると可愛過ぎる。

『美味いの！　焼き肉も良かったが肉バーグも美味いのっ、このかかってるタレが良いのだ』

『俺は肉バーグっての初めて食べたけど、美味だな！　ティーゴの旦那は本当に料理を作るのが上手いなっ』

美味い美味いって食べてもらえて、俺は幸せだ。やっぱり誰かが喜んでくれるのは嬉しいな。

俺はご飯を食べた後、片付けもせずに、倒れるように銀太に抱きついて寝てしまった。

今日の銀太はふわふわで良い匂いがして最高だった。

8　シシカ村

「んー……っ」

ファサっと何かが俺の上に覆い被さっている。

ん……？　毛と……羽？

目が覚めると、俺は銀太とスバルにくっついて寝ていた。スバルの翼が布団みたいに俺に被さっている。まさに羽毛布団。

「俺はいつのまにか寝てたんだな……」

銀太達がいたら布団いらずだな。最高にモフモフが気持ちいい。

最高級の布団のお礼に朝はパンケーキにしよう！

バターをフライパンに溶かして……。

「んーっ、良い匂い」

よーしっ、どんどん焼いていくぞっ。

『あるじ～。あふっ……良い匂い』

「おはよー。銀太！　パンケーキいっぱい焼いたから、みんなで食べよ」

スバルが慌てて飛び起きると、パンケーキを見て固まり、小刻みに震え出した。

『こっこれは……俺の主がよく作ってくれた……王様のパンだ！』

……ん？　スバル？

『主の得意料理だったんだ。朝は王様のパンをいつも作ってくれて、ふわふわで美味くて、チョコとかシロップとか色んなやつかけて主と取り合いして食べた……うっ……主……』

スバルの目から大粒の涙がポロポロと溢《あふ》れ出す。

『うわーーーんっっ主に会いたいよーっ！　王様のパン取り合いしたいよー。うっっううっふぐっ……』

『スバル……』

俺と銀太はスバルが泣きやむまでスバルを撫でた。

主が大好きだったんだよな。スバルの切ない気持ちが伝わってきて胸が苦しい。そうじゃないかとは思っていたけど、やっぱりスバルの前の主は亡くなっていたんだ。

そうだよな、大好きな人との別れは辛いよな。

俺もいずれ銀太を残して死んだら、こんな顔をさせてしまうのか……とか考えてしまった。

だって絶対に、俺が先に死ぬ。

『取り乱しちまったな。王様のパンは前の主の思い出がいっぱいだからな！　つい主のことを思い出しちゃったよ。おいおい？　しんみりすんなよ。さあ！　王様のパン食おうぜっ！』

俺まで泣きそうになったっ……ん？　銀太⁉

「ぎっ銀太？　何で泣いてるの⁉」

『だって……我の主がいつか死ぬと思ったら悲しくて……我は主と別れるのは嫌なのだ！　何で人族はこんなに寿命が短いのじゃ……ウゥッ』

『銀太ぁーっ‼　そうだよなぁー……短過ぎだ。ううっ、もっと主に長生きして欲しかった。うわーっ』

銀太につられてスバルもまた泣き出した。

……うん。

パンケーキは当分作らないようにしようと心に誓った。

二匹が泣きやむのを待って、ようやく朝食となった。俺は何もつけずにパンケーキを食べるつもりだったが、スバルが言っていたチョコとシロップのことが気になった。

「じゃあ、銀太はシロップにして、スバルはチョコレートにしような。今日は特別だぞ」

スバルは口いっぱいに王様のパンを頬張った。

『美味いな！　フフッ。王様のパンはやっぱり主が作ったのが一番美味かった。でもその次はティーゴのだぞ！』

『我は主のが一番だの！』

『『おかわりっ!!』』

「はいよ！　いっぱい焼いたからな。まだまだあるぞ！」

ふぅっ……。

もりもり食べる二匹を見て、俺は安堵の息をつく。

本当に泣きやんでくれて良かったよ。コイツ等、子供みたいに泣くんだもんな。こっちもどうして良いか分からずオロオロしちゃったよ。

本当に人間臭い聖獣達だな。

『『おかわり』』

「ハイハイ」

パンケーキを山盛りにしては二匹が平らげるのを繰り返すこと、数十分。

『ゲェッフッ、いっぱい食べたな～！　王様のパン』

『うむ。もう食えんの』

二匹で百二十枚……食べ過ぎだよ！　いっぱい焼いたのに全然足りなかった。

皿を片付け終えると、俺は立ち上がった。

「よしっ、シシカ村に向かうか！　スバルはどーするんだ？」

『んんっ？　俺もついて行こうかな！　面白そうだしな！』

——え？　なんて？

銀太でさえ目立つのに、五メートルもあるスバルまで連れてたらヤバイだろ！

それで村に帰るとか想像するだけで……うん。目立ち過ぎる。

「あのな……スバル。お前を村に連れて行くのはそのっ……そんなに大きい体だと、田舎の小さな村では目立ち過ぎる。だからな、申し訳……」

『何だ！　そんなことか！　デカイのがダメなら——』

ボワンッ！

「なっ？　えっ？」

スバルの姿がフワッフワのひよこみたいなものに変わった。何だこの可愛過ぎる生き物は！

五メートルあった身長が三十センチくらいになり。上半身は白。胸毛や下半身はオレンジから朱色の中間。カラーの配色は大きい姿のままだ。

『これなら目立たないだろ？　ついて行っても大丈夫か？』

スバルが可愛いつぶらな瞳で俺を見つめてくる。

くぅっ、そんな目で俺を見ないでくれ。だめだっ！　もうこの攻撃には勝てない。勝てる方法があるなら誰か教えてくれ！

「もちろん！　喜んで！」

俺はそう言うと、我慢出来ずにフワッフワのヒヨコ毛のスバルに抱きついた。

「はぁぁっ。最高だ……」

スバルの問題も解決したし、シシカ村に向かうか。

「じゃっ！　シシカ村に出発しようか！」

王都を出てから一週間ちょっと。魔法の訓練をしながらのゆるり旅も終わりが近い。順調に行けば、今日の昼頃にはシシカ村に着くだろう。

父さんや母さんは元気にしてるのかな。

何年ぶりだ？　十二歳で家を出て……今十七歳だから、五年も帰ってない！　うわっ、そんなに時が経ってたのか……。

なんだか緊張してきた。

『主～早く行くぞっ』

事情を知らない銀太は呑気なものである。

「ハイハイ……」

こうして、俺達はシシカ村に向かった。

小さくなったスバルは銀太の頭の上に乗ったり、俺の肩に乗ったりと好きに移動し、楽しそうにしている。

『もうすぐ主の家族に会えるのだな』

『家族か！　すると銀太は【家族との戯れ】が出来るのか！』

『フンスッ！　そうなのだ。楽しみだのう』

旅に出る前に言ってたやつだな。一体、何する気なんだよ……。

『おっ？　村が見えてきた！　ティーゴの旦那の家は何処だ？』

『むっ、本当だの』

森を抜けると、小さな集落があるのが見える。懐かしい気持ちが胸にこみ上げ、自然と早足になっていた。

あっという間に村の入り口に着くと、銀太とスバルがウロウロと歩いて中を覗く。

「ぷっ……俺より楽しんでないか？」

久しぶりに家族に会う時は、まず何から話したらいいんだろ。母さんはどんな顔するだろう……泣かせたら嫌だな。父さんはきっと何で帰ってこなかったって怒鳴るから……殴られる覚悟が必要だな。リムは…………。

色々と考え込んでいるうちに、俺は村の入り口で足がすくんで入れなくなってしまった。

『主……？　入らんのか？』

「あっ……あぁっそうだな」

銀太に急かされ、何とも言えない表情をして返事をしたその時。

ドサッ!!

背後で大きな音がした。

「ん？」

音のした方を振り向くと……大きな買い物かごを落とした女性が立っていた。

「……ティーゴ」

「母さん……！」

目の前に母さんが立っていた。

いきなり現れた母さんに戸惑って、俺の緊張はいきなり最高潮に。

「かっ母さん。そのっ……ひひっ久しぶり。あのさっ……？」

しどろもどろになりつつ話しているうちに、母さんがツカツカと足早に近付いてきた。そして……。

ドゴッッッッッ！

いきなり母さんの右ストレートが飛んできて、俺は思いっきり吹き飛び、地面に叩きつけられる。

その上に母さんは馬乗りになり、何度も何度も俺の胸を叩く……涙を流しながら。

「こんのバカ息子っ！　今まで何してたっ……」

「つっ……」

「修業に行ったきり……連絡もしないで……どれだけ心配したと思ってるの！　何年も！　何年も帰ってこないで……うっ……ぐすっ」

「……母さん。ゴメン」

子供のように泣きじゃくる母さんをギュッと抱きしめた。

いつの間にか俺は、母さんの背を追い越していたんだな。

「大きくなったね。バカ息子っ……ぐすっ……」

俺と母さんは歩きながら色々な話をした。お互いに、会えなかった年数を埋めるかのように。

何も使役出来なくて意地になって家に帰らなかったことや、冒険者の仕事……色々だ（ガストン達の話は心配するから言わなかった）。

村の中は静かなもので、珍しく誰にも会わなかった。この時期って、村の外に出るような行事はあったっけなぁ。俺と母さんの話し声だけが村に流れている。

『主！　いつ我のことを紹介するのだ！』

そろそろ家が見えてくるというところで、銀太がいきなり目の前に出てきてアピールする。

「ああっそうだったな！　コイツが俺の使い獣の銀太だ。頭に乗ってる奴は友達のスバル！」

「こっ、こ、このフェンリルがティーゴの!?」

『そうなのだ！　ティーゴの母上、よろしくの』

母さんはびっくりし過ぎて後退《あとずさ》りし、尻餅をついた。あれ？

「俺の横にずっと居たのに、気付かなかったの？」

「ティーゴに夢中で全く気付かなくて、フェンリル様がいきなり目の前に現れたからびっくりし過ぎて……腰抜かしちゃった……」

「あははははっ」

どうりで銀太を見ても動じなかったわけだ。視界に入ってなかったなら納得だよ。

俺は母さんをおんぶして家に帰る。母さんが凄く軽くて、少し驚いた。

「リムも大きくなってるよな？　俺が出て行った時に七歳だったから……今は十二歳か？　ってことは今年ギフトが貰えるんだな。リム楽しみにしてたからなぁ……ん？　母さん？」

母さんが黙り込んでしまった。疲れたのかな？

やがて俺達は家に辿り着いた。久しぶりに見る我が家は何も変わってなく、全てが懐かしかった。

「父さんやリムは家に居るの？」

「……父さんは」

「えっ？」

母さんの声は掠《かす》れている。

「中に入って話そうか……？」

銀太達を外に残し、俺と母さんは家に入った。

その途端、俺は固まった。ごちゃごちゃして、父さんによく片付けろと言われていた、みんなで寛《くつろ》いだ居間。しかし今はがらんとして、ただ部屋の奥にベッドが並べて置かれていた。

その上で眠っている父さんとリムの全身が——真っ青だった。

「なっ、父さん、リム！　これはどういうことだ⁉　何で二人は真っ青なんだ⁉　大丈夫なの？　生きてる？」

動揺する俺を、母さんは椅子に座らせる。そして台所でお湯を沸かしながら、こうなるに至った経緯をゆっくりと話し出した。

「一ヶ月くらい前に、突然村に見たこともない青い魔獣が突進してきたの。そんなに強くなかったから、みんなで協力して戦って、魔獣は死んだのよ。その時に、その魔獣を父さん達が片付けたの。リムも手伝うって聞かなくて、一緒に。その時に片付けた六人が全員、三日後くらいから体が青くなり出して、一週間後には今の姿になって、動かなくなってしまった」

母さんがお茶を持って隣に座った。その顔はすっかり疲れている。

俺もコップを受け取ったが、とても飲める気分ではない。

「そんな……母さん達は大丈夫なの？」

「どうやら青い魔獣を触った人達だけみたい」

「治す薬はないの？」

「教会の司祭様に鑑定してもらったけど、何も分からなかった。高いお金を払って賢者様や聖女様にも見てもらったけど、それでも分からないの。このまま死を待つだけなんて……っ、うぅ」

「なっ……そんな！　俺は本当にバカだ！　父さんやリムとはもう二度と話が出来ないかもしれない。そんなっ、何でもっと早く帰ってこなかったんだ！　アーーッッッッッ…………フグッッ……父さっ……ッム……」

その時、突然扉が開いたかと思うと、銀太達が無理矢理、狭い家に体を捻《ね》じ込んで入ってきた。

扉は今にも壊れそうだ。異音が鳴りやまない。

『主〜、我も仲間に入れて欲しいのだ……っ？　主？　どうしたの？　何で泣いているのだ!?』

たまらなくなった俺は銀太の体に思いっきり抱きついて、顔を埋めた。

「ぎっ、銀太ぁーーっ！」

泣きじゃくる俺をどうして良いのか分からず、銀太は心配そうに、頬を伝う涙を舐《な》めてくれる。

「父さんとリムがっっ……」

すると銀太の頭の上に乗っていたスバルが、顔をピョコッと出して父さん達を見た。

『おー。珍しいなっ！　久しぶりに見たぜっ、これは青色病じゃねーか！』

――えっ？　スバル？　今何て？

「スッ！　スバル！　お前、この病気知ってるのか！」

『知ってるよ。青色病って言うんだよ！　銀太も知ってるよな？』

『うむ。知っておる』

陶器が割れる音が響き渡った。母さんが手に持っていたコップを落としたのだ。

「何だって!?　これは青色病って言うの？」

震えながら病名をスバルに聞く。

『そうさ』

知ってるということは、治す方法も知っているかもしれない、聞くのは怖いが、俺は思い切ってスバルに聞いてみる。緊張して、自分の生唾を呑み込む音が妙に大きく響く。

「スバル、この病気は治るのか？」

『治るよ！』

スバルは軽く答えた。それは簡単に治せるよと言っているかのようだった。

「――ああっ！」

その話を聞いた母さんが、ヘナヘナヘナヘナッと床にへたり込む。

俺も嬉しくて、何だか足が地に付いていないような心地だ。

「治る……父さんとリムが……！」

『俺の神眼の前では、分からないことはないんだぜ！』

「スバル～!!　ありがとう」

思いっきりスバルを抱きしめた。

『わっぷっ苦しいって……！　ティーゴの旦那っ』

俺はスバルを抱きしめたまま、治療法を聞いてみる。

「それでさ、青色病は……簡単に治るのか？」

『俺と銀太が居たら余裕だな！』

良かった……。

俺と母さんはその言葉を聞いて、嬉しくてまた抱き合い、泣いた。

「ありがとうございます！　どうか主人と娘を助けてください」

母さんは銀太とスバルに深々と頭を下げた。

『タイミングが良かったなぁ！　この病気は、罹《かか》ってから四十日経つと死ぬんだ。それまでに治してやらないと、最後の日に急激な痛みで心が壊れて死ぬんだぜ？　怖いよな』

何その最後っ……怖過ぎる！

四十日って言ったな。父さん達は発病してから何日目だ？

「母さん！　父さん達は発病して何日目なんだ？」

「そうね……三十日前後ってところね」

「じゃあ急がないと！　このタイミングで帰ってきて良かった……運が良い」

これも幸運値が高い銀太のおかげかな？

「スバル、どーやったら治るか教えてくれ」

『まずは銀太が聖魔法のリザレクションを使って、その後に光る青いキノコの胞子《ほうし》をふりかけたら治るよ！　なっ簡単だろ？』

なっ何が……簡単だと⁉　スバルは何をもって簡単だと言ってるんだ⁉

【リザレクション】なんて魔法は、国が囲ってる最高ランクの魔道士や賢者達でも使えないぞ！

だってそもそも失われし古代魔法だからな！

それに、なんだ【光る青いキノコ】って？　聞いたこともないぞ！

「ちょっと質問するけど、死んだ人間でさえ蘇らせることができる、伝説の古代魔法リザレクションを、銀太は使えるのか？」

『なっなんじゃ⁉　何て魔法じゃと？』

「えっ？　リザレクション……？」

『違う！　その前じゃ！』

「……伝説の古代魔法リザレクション？」

『そう！　それじゃ！　伝説の古代魔法……リザレクション……中々カッコいいのう。フンスッ』

『何だよそれ！　カッコいいじゃねーか！』

『そうであろ。そうであろ。我はカッコいいのだ』

この一大事に……聖獣達よ。カッコいいかどうかが気になるのか？

とにかく、この様子だと銀太はリザレクションが使えるみたいだ。となると次はキノコの方だな。

「ところでスバルは【光る青いキノコ】がある場所を知ってるのか？」

『おう！　もちろんだ！　主が生きてた時に「青色病を治してくれ」と、色んな国の王が頼みに来てたからな。よく主と一緒にキノコを取りに行ったなぁ』

今……サラッと言ったけど、スバルの前の主は、王様から頼みごとされるくらい凄い人なの？

「スバル？　その……主の名前って教えてくれないか？」

『んん？　名前？　主のことは、王とか他の奴等はみんなこう呼んでたな。【大賢者カスパール】』

「だっだっ大賢者カスパール様!?」

この国じゃ知らない人はいない伝説の有名人、大賢者カスパール様。教科書にも載っているし学校の歴史でも勉強した。

何度も国を救ってくれて、確か三百年くらい前にみんなに惜しまれて亡くなったんだ。

そんな凄い人がスバルの主……。

スバルに変なことばっか教えてるから、勝手に面白い主を想像してたよ。

大賢者様、スバルとパンケーキの取り合いをしてたんだよな……？

俺の中の大賢者様のイメージが少しだけ崩れていく。

「凄い人だったんだな。スバルの主って……」

『なに当たり前のことを言ってんだよ』

スバルは少し得意げに翼を広げた。

俺と母さんは、有名人の名前が出てきて少しの間、放心状態だった。

『おい！　キノコ取りに行かねーのか？』

そうだ！　放心してる場合じゃない！

「行こう！　キノコがある場所に案内してくれ！」

『任せとけ！』

9　青色病

「高いっ！　ワァーッ凄いな」

『ティーゴの旦那！　興奮して落ちないように頼むぜ！』

俺達はスバルに連れられて【光る青いキノコ】がある場所に向かっている。

飛んで行った方が早いってことで、元の姿に戻ったスバルの背中に俺が乗り、銀太はスバルが足で捕まえて飛んでいる。凄い状態だ。

『もうすぐ、翼山《よくざん》に着くぞー。そのてっぺんにある洞窟にキノコがいっぱい生えてるんだよ』

凄いとしか言いようがない。空の旅はこんなにも速いのか……森を、山を一瞬で越えていく。

『ここだ！　翼山の洞窟！』

翼山の洞窟は、普通では絶対に辿り着けない場所にあった。切り立った岩山……周りは断崖絶壁《だんがいぜっぺき》……岩山の中央に洞窟があった。スバルが俺達を岩肌に下ろす。

『久しぶりに来たなぁ……前と変わってないな』

『我は初めてだ、このような高い所は少しソワソワするの』

『そうか〜？』

ソワソワ？　いやいや？　膝の震えが止まりませんよ？　まともに歩けないぞこれ……足が生まれたての小鹿のようにプルプルと震え、真っ直ぐに歩くことが出来ない。それを面白そうにニヤニヤと笑う銀太とスバル。

『主……どうしたのじゃ？　面白い動きをして。ブフッ』

ワザとやってるんじゃねーんだよ！

『アハハハッ！　ティーゴの旦那は面白いなぁ！』

ぐっ……スッゴク笑われて悔しいけど！　足の震えが止まりませんっ。

『主？　我の背中に乗るのだ』

俺を待ってたら進まないと思ったのか、銀太が俺を咥《くわ》えて背中に乗せた。

ありがとう銀太……情けない主ですまん。

洞窟の奥に進むと、壁が青白く光り、幻想的な雰囲気を醸し出していた。奥に進むにつれ、光はどんどん強くなる。

『ここがキノコの生えてる場所だ！』

スバルが教えてくれた場所には、真っ青な宝石サファイアのように光る美しい水場があった……なんて綺麗なんだ。

『おおっ、これは何とも綺麗だの』

でも周りにはキノコは全く生えていない。キノコは何処にあるんだ？

俺がキョロキョロとキノコを探していると、ニヤニヤしたスバルが教えてくれた。

『旦那！　キノコはここにあるのさ！』

スバルは自慢げに水の中を翼で指した。慌てて水を覗き込むと……！

「スゴイ……不思議だな」

水の中にキノコが沢山生えていた。

『何とも珍しい……水中で育つキノコがあるのだな？』

『さあっどんどん採ってくれよ？　俺は水の中はちょっと苦手だからな。銀太達で頼むぞ！』

何だスバルの奴、水が苦手なのか……後でシャンプー&オイルでピカピカにしようと思ってたのにな。

『主～行くのだっ！』

銀太が勢いよく水の中に飛び込んだ。

「うわっぷっ⁉」

銀太が俺に水をかけてくる。楽しそうだな。銀太よ……目的を忘れてないか？

なんて考えてたらまた水をかけてきた。

「このヤロー！」

俺と銀太はちょっと水遊びを楽しみつつ……キノコを沢山取った。面白いことに、水から出ると金の粉がキラキラとキノコに纏《まと》わりつく。これが胞子らしい。これをかけたら治るんだって。

俺達はキノコを半分くらい残して、欲しい分を取り終えた。

『凄い沢山あったなぁ。三百年ぶりだからこんなに生えてたのか？　これだけあったら何千人も助けることができるな！』

俺はキノコをアイテムボックスに全て入れて、村に帰る準備をする。

『主も乾かしてやろう』

「ありがとうな！　銀太」

ずぶ濡れだった俺達は銀太の風魔法のおかげで、一瞬でさっぱりサラサラ！　銀太はふわっふわだ。銀色の美しい毛並みが輝いている。

「よしっ村に帰ろう。スバル、頼んだよ」

『任せとけ！　村までなんて一瞬だ！』

閑話　深緑の牙――ガストンと転落の始まり②

俺とメリーは乗り合いの馬車でシシカ村に向かっている。

クソッ……！

何で俺達が乗り合いの馬車なんかに乗らなきゃいけないんだよ！

シシカ村に帰るために馬車を借りに行った俺達は、ティーゴのせいで信用はガタ落ち……どの馬車にも乗せてもらえない。やっと乗ることが出来たのは、誰でも乗せる大衆下賤《たいしゅうげせん》の馬車だった。

はぁー。下賤の馬車は臭《くせ》えしギュウギュウだし、最悪だ。

黒装束《くろしょうぞく》で奴隷を連れてる奴、酔っ払い三人組、ヤギを乗せてる親子、俺の隣はやたらと臭え二人組。いつ風呂入ったんだよ……早く降りたい。

メリーが小声で俺に言う。

「ちょっと……隣に座ってる酔っ払いの奴が、こっちをニタニタ見て気持ち悪いんだけど」

「お前がそんな肌を露出した服着てるからだろ！　後ちょっとで下車するからそれまで我慢しろ！」

はぁー……これも全て、糞ティーゴのせいだ！　殴るだけじゃ収まらねぇ。クソクソッ！

車輪が擦れる大きな音がしたと思ったら、馬車が急停車した。

「いてて……急に止まるから頭打っちまった」

下賤の馬車は止まるのも下手なのか。

それにしてもこんなに早く……下車場に着いたか？

まぁ良い！　やっと降りられる。はぁー臭かった。こんな所、さっさと降りて離れたいぜ。

「止まったわねっ、降りましょう早く！」

メリーの奴が慌てて馬車から降りようとするが……。

ドンッ！　と音がして立ち止まった。

「ちょっ何？　何で？」

メリーが不思議そうな顔をして出口を見る。

「どーしたんだよ？」

俺はメリーに近付く……と!?

ガッッ！

「なっ何だこれは？」

透明の壁みたいなのがあって、馬車から出られない！

俺達がモタモタしていると酔っ払い達が騒ぎ出す。

「おい兄ちゃん達よ？　何してんだよ？　さっさと降りてくれよ」

俺達を横に突き飛ばし、我先にと出ようとする酔っ払い達。だがやはり見えない壁に阻まれ、馬車から出られない。

「どっどーなってるんだ！　何だこれは！　出せよ！　ふざけるな！　おい！」

ドンドンドンドンドンドンドンドンッ！

酔っ払い達が見えない壁を必死で叩く。酔っ払っているからか、手はもう血まみれなのに叩き続けている。

「何？　あんなに叩いてるのに何ともない……ちょっとガストン！　何か変よこの馬車！」

確かに妙だ……この見えない壁は何だ？　魔法か？　こんな種類の魔法は知らない……。

「うるさいですねー？　大人しくしてくださいね？　じゃないと酷いことになりますよ？」

馬車の入り口に黒装束を着た奴等が現れた。何だ？　中にいる奴隷を連れた奴の仲間か？

「何だ！　おいお前！　早く出しやがれ！　俺は降りる」

酔っ払い達はなりふり構わず、見えない壁に向かって体当たりしている。

「やれやれ、話を聞かない虫ケラはいらないですね？」

黒装束の男は、恐ろしく冷ややかな目で酔っ払いの男達を見た。

「早く出しやがれ！」

黒装束の男がパチンと指を鳴らす。

「うわっ？　っとっ……!?」

透明の壁は消え去り、酔っ払いの一人が体勢を崩して馬車から転げ落ちた。

次の瞬間！

「キャァアアーーー!!」

男の体は一瞬で細切れになった。地面は男の血で赤く染まる。

「イャァァァァァー！　何よこれ！　助けてよー」

メリーが泣き叫ぶ。

「聞こえませんでしたか？　大人しくしてって言いましたよね？」

俺は急いでメリーの口を塞ぐ！

「死にたくなかったら黙ってろ」

メリーが頷いて返事する。

「では、目的地まで大人しくしててくださいね？」

黒装束の男はうっすらと笑う。

何だ？　俺は悪い夢でも見てるのか？

一体何が起こってるんだ……。

★　★　★

「スバル、この辺で下ろして！」

『了解だぜティーゴの旦那！』

村の手前で着地してもらう。なんせ、グリフォンの姿で村に帰ったらパニックが起こる。

可愛いミニサイズに変身してもらい、一緒に村へと帰った。

「よし、みんなを助けるぞ。どうするのが一番早い？」

スバルに相談する。

『そうだな、青色病の者達を一ヶ所に集めたいな！　その方がみんな纏めて治療できるし、主はそうしてた』

そうか、なら広場に寝かせる場所を作って、青色病の人達に集まってもらおうか。

「どうやって集まってもらう？　家を回って行くか？　……時間がかかるよなぁ」

うーん……。

『そんなまどろっこしいこと、せんでも良い。見ておれ！』

アオォーーーーーーーーーンッ!!

耳を劈《つんざ》く銀太の遠吠え。

びっくりした村人達が慌てて家から飛び出て、声のした方に集まってきた。村の外に居た人達までも声に驚き、やってくる。

凄いな、銀太の遠吠え効果！

ただ……集まった人達から順に気絶しそうになったり、震えが止まらなくなったりと色々やばい。

この状況どーするよ？

『村人よ落ち着くのだ！　今お主達が困っている、体が青く変わる病気を我が治してやる。分かったら、青い体をした者達をここに集めよ！』

銀太の言葉を聞いて、村人達がざわめく。

――喋った！

――神の使いだ！　神々しい……。

――フェンリル様！

――神!!

怖がっていた人達はみんな瞳を輝かせ、尊敬の眼差しで銀太を見ている。

「フェンリル様！　本当に青色になった人を……俺の父ちゃんを助けてくれるの？」

あれは……ガストンの弟じゃねーか！　親父が青色病になったのか。

『我が助けてやろう！　早く連れてくるが良い』

ワァアーッ!!　と地鳴りのような音が響き、俺は思わず耳を塞ぐ。

――フェンリル様ー！

――ありがとうございますー！

広場に大歓声が巻き起こり、空気が揺れている。年寄りなんかは銀太を見て拝んでいる。

大丈夫か？　村が大騒ぎになってないか、これ……。

そして、銀太が連れてこいと言ったので、街のみんなが手伝いあって、青色病になった人達を広場に運び込んできた。俺は誘導係となって、みんなを順番に案内していく。

「そうです。ここにゆっくり置いてください」

『そうだの！　それくらいの間隔を空けると良いの』

集まった村人と協力して、広場に青色病の病人達を並べ寝かせていく。顔触れを見るとみんな知った顔で、治せることに心底ホッとした。

俺達は村人達の見守る中、治療を始めることに。

「全員揃ったね。では治療を始めよう！」

『おっし、銀太リザレクションだ！』

『ふうむ、任せるのじゃ』

《リザレクション》

銀太が魔法を唱えると、青色病の人達の体が金色に光る。目も開けられないほどの眩い光だ……！

「後は俺に任せとけ！」

そう言うと、スバルがキノコを咥えて空から金の胞子を振りかけていく。

俺と村人は、その様子を息を呑みながら待つ。

青色病の人達は未だ光り輝いている。段々と光が落ち着いてきて……光がなくなった！

すると！　みんなの姿は青色ではなく、血色の良い肌色に戻っていた！　その姿を見た村人達が口々に騒ぎ出す。

――助かったんだ！　良かった！

――神様ありがとう！

みんなが泣いて喜んでいる。俺も知らないうちに涙が出ていた。

銀太、スバルありがとう……。

「ティーゴ！　リムが！」

母さんの大声で、俺はハッと我に返ってリムのそばに行く。

健康的な肌色を取り戻したリムは、体をゆっくりと起こした。

「あれっ、私？　何で外に？　みんな集まって？　えっ？」

リムは自分に何が起こったのか理解できていないのか、不思議そうに周りを見ている。

その姿を見て俺は心底安堵した。リムが目を覚ました……良かった。

「リムーー！　良かったっ、生きてて！」

母さんがリムに抱きつく。

「母さっ……くっ苦しいよ」

周りを見ればみんな目を覚ましている。

少し離れた所に目をやると、ガストンの弟が年嵩《としかさ》の男性に抱きついていた。

「父ちゃん……良かった」

ガストンの親父も目を覚ましたんだな。

すると……。

「ティーゴ……か？」

久しぶりに聞く父さんの声。

声の方を見ると、父さんが瞳を潤ませ、立っていた。

「父さん…………父さんゴメンよ、帰ってくるのが遅くなって！　うっ、うう」

言いたいことが沢山あるのに、喉の奥が熱くなって言葉にならない。

目を覚ましたばかりの父さんに、俺は小さな子供のように抱きついた。

「ティーゴお帰り。大きくなったな……」

その声は掠れていて、父さんも泣いているのが伝わってきた。

10　お祭り騒ぎ

村は銀太とスバルフィーバーで大賑わいだ。

みんなが銀太のことをフェンリル様と崇《あが》め奉《たてまつ》る。

スバルはひよこ姿が子供達や女の子に可愛いと大人気で、ちょっと困っている。

ついでに俺まで、フェンリル様を使役した凄い魔物使い様と呼ばれ、村のみんなから尊敬の眼差して見られている。

もう「フィーバー」としか言い表せない熱狂ぶりだ。

今までこんな扱いをされたことがないので、少し慣れなくて恥ずかしい。

夜は銀太とスバル、さらに俺までゲストに加えて、『青色病を治してくれた歓迎感謝パーティー』をすることに決まってしまった。

嬉しいんだけど、本当もう……これ以上とか……恥ずかし過ぎて無理！


「ティーゴ、ありがとう。そして銀太様！　スバル様！　本当にありがとうございます」

父さんが改めて頭を深々と下げ、銀太達にお礼を言った。

パーティーが始まるまで家で過ごすことにした俺達は、家族みんなで久しぶりに話をしている。

「本当、お兄ちゃんは規格外だよ。初めての使い獣が伝説のフェンリル様だなんて！　凄過ぎる」

「私なんてびっくりして腰抜かしちゃったわよ」

「ハハハッ、母さんが腰抜かすところ見たかったなぁ」

「ププッ本当に！　その時、私は青色病になってたから見られなくて残念だなーっ」

「コラッ！」

ゴチッ！

「イッタァー……っ」

母さんのゲンコツがリムの頭に落ちる。

「調子に乗って！　死んでたかもしれなかったんだよ！」

「テヘヘッ、助かったんだからいーじゃんか」

「ったく……リムは」

笑顔が絶えない、いつもの楽しい家族の団欒《だんらん》だ……懐かしいな。

『主……嬉しそうだの。我も嬉しいの』

『ティーゴの旦那の家族が守れて良かったよ！　これぞ家族との極上の癒しタイム』

『ほう……これが極上の癒しタイムか。中々良いもんだのう』

何かまたスバルが変なことを銀太に教えている。間違ってはいないが、いちいち大袈裟なんだよな。

「あの銀太様、スバル様……そのぅ、お願いがあって」

リムが両手を前で握りしめ、少し恥ずかしそうに銀太達に願い出た。

『何だ？　お願いって？』

『ふむ？』

「……そのう……ふわふわの美しい毛を触らせて欲しいです！」

リムのお願いを聞いて、母さんがカッと目を見開く。

「ちょっ！　それなら私も！　初めて見た時から気になってたんだから」

「……父さんも……良いかな？」

家族みんなが銀太の被毛を触らせろと言い出した。

『ふっふうむ？　主の家族の頼みなら仕方ないのう……特別に良かろう』

『仕方ねえなぁ。まぁ……特別だぞ？』

みんなの表情がパァーっと明るくなる。

「「ありがとうございます！」」

父さん達が瞳をキラキラさせて、銀太とスバルの毛並みを堪能する。

何これ。威厳のある父さんは何処に？　一番ウットリと銀太の極上の被毛に顔を埋めて、モフモフを堪能してないか？

『ふっふうむ……中々うむ……』

『照れ臭いぜっ……』

銀太とスバルも満更でもなさそうだから……まっいいか。


日も暮れてきた。そろそろ歓迎感謝パーティーの時間かな？

そう思っていると、玄関の扉がノックされる。

「はぁーい？」

母さんが扉を開けると、村長さん達が立っていた。

「パーティーの準備が出来たので、聖獣様達を呼びにきたんだ」

「分かったよ！　今から行くね」

せっかくだから楽しもう。そんなつもりで会場に着いた俺は、呆然とした。

こんな凄いお祭り騒ぎ……俺はこの村に生まれてから初めて見る。

「ささっ、聖獣様とティーゴはこちらに」

そう言って案内された先は上座だった。みんなよりも一段高い場所で、祭壇に花が沢山飾られている。ハッキリ言って物凄く目立つ！

くぅぅ……これは恥ずかしい。

『ほう……？　中々良いではないか』

『だな！　俺達は特別だからな！』

銀太とスバルは祭壇の豪華さが気に入ったみたいだな。俺はこんなの慣れてなくて本当に恥ずかしい。

銀太達が座ったのを見て、祭りに来た村人達が次々拝んでいく。

「聖獣銀太様！　スバル様！　ティーゴ！　我々を助けてくださり、ありがとうございます」

目の前に、青色病になっていた人達とその家族が全員集まった。

「本当にありがとうございます……」

「もう無理だと諦めていた。こんな奇跡が起こるなんて……すんっ」

「この御恩は一生忘れません」

みんなが口々にお礼を言ってくれる。気恥ずかしいが元気になってくれて本当に良かった。それは素直に嬉しい。

「銀太様、スバル様、ティーゴ！　父ちゃんを助けてくれて本当にありがとうな！　父ちゃんは元気でいつも通りだよ。嬉しい……グスッ」

「本当にありがとう。感謝します！」

ガストンの家族も泣きながらお礼を言ってくれる。

アイツはムカつくが家族に罪はないからな。元気になってくれて良かったと心底思う。

「今日のパーティーは寝ずに盛り上がっていこうぞ！　聖獣様に感謝！　ティーゴに感謝！　この村に来てくれてありがとう！」

村長の挨拶が終わると大歓声が巻き起こる。さぁ、パーティーの始まりだ。

「「「「カンパーイ！」」」」

閑話　深緑の牙——ガストンと転落の始まり③

「ねえっガストン！　私達何処に連れて行かれるのよ！　何されるの？　怖いよ……」

「俺だってそんなの分かんねーよっ！　だが、さっきの奴みたいに粉微塵《こなみじん》にされてたまるか」

馬車の中は阿鼻叫喚《あびきょうかん》だ。さっき殺された奴の仲間は呆然自失《ぼうぜんじしつ》で魂が抜けたみたいになってやがるし。ヤギを連れた親子連れは、パニックになってまともに話が出来ない。

気になるのは黒装束の服を着た奴だ。ビビりもせず顔色も変えず、微動《びどう》だにせずに居る。どう考えたっておかしい。さっきの奴等の仲間じゃねーのかよ？

数分走ると馬車が止まった。目的地に着いたのか？　馬車の窓から外を覗くと、薄暗い土の壁が見える。もしかしてここは洞窟か？　何のためにこんな所に？

「さぁ？　ここに入ってくれますか？」

俺達は見えない何かで体を縛られ、順番に洞窟の奥にある簡易的な檻《おり》に連れて行かれる。

最後の臭いオッサンは檻に入れられずに、誘拐犯の男が横に座らせた。

何だ？　アイツは逃がしてやるのか？　そんなのズルい。だったら俺にしてくれよ！

「さぁ？　【例の物】は何処に隠したのですか？　早く話してくれませんか？」

誘拐犯の男が、檻の中の黒装束の男に話しかけている……やっぱり仲間じゃねーか。

だが男は何も答えない、どーなってるんだ？

「だんまりですか？　仕方ないですね？」

突然、臭いオッサンの体が破裂した。

「キャァァー！！！」

「あっあわわっ……」

何が起きたんだ⁉

体の震えが止まらない。何でオッサンは爆発したんだ？

「では分かりましたね？　あなたが早く全てを話さないと、一時間ごとに一人殺していきますよ？」

誘拐犯の男は、檻の中の黒装束の男を見てクスリと笑う。

「なっななっ！」

一時間ごとに殺すだと？　何言ってやがんだよ。

「イヤァァァァァッ！」

「嫌だ！　金なら出す！　助けてくれ」

「こんな所で死ねない！　何でもする、助けてくれ！」

みんなが口々に助けを乞う。

しかし、男は微笑むだけだ。

「ではまた一時間後に来ますね？　良い返事、お待ちしてますよ？」

誘拐犯の連中は、俺達のことなど見向きもせずに行ってしまった……。

俺は黒装束の男に話しかけようと近寄るも、見えない何かに阻まれた。

「なっ……？」

さっきのと同じ魔法？　コイツ等やっぱり仲間じゃないのか？　仲間割れして、俺達はその巻き添えを喰ってるんじゃ。何で俺が、そんなしょうもないことで殺されなきゃならねーんだよっ！

「おい！　アイツ等が言っていた【例の物】の場所を早く言ってくれよ！　このままじゃ俺

は……っ」

「そうよっお願いよ！　体でも何でも奉仕するから！　助けてよぉ！」

俺とメリーが必死に頼むも、黒装束の男はだんまりだ。何も話さない。

イラついて殴ろうにも、透明の壁が邪魔をして近寄ることも出来ない。

俺はこんなわけの分からないことに巻き込まれて死ぬのか？　あり得ない！　絶対に俺だけでも助かってやる。

クソッ、これも全てティーゴのせいだ！　許さない！

★　★　★

「……んっ」

手を動かすと、銀太のふわふわの腹毛に触れる。

「んん～～っ……？」

ここは家の外か？　もしかして俺……帰ってきてそのまま外で寝ちゃってたのか。

どうやら俺はまた銀太の腹の上で寝てたみたいだ。ふかふかで気持ち良いはずだ。スバルは？

『……むにゃ……もう食えん。甘味祭り』

「ふふっ」

俺の腹の上で気持ち良さそうに寝てるよ。甘味祭りって何だ？　昨日の祭りはそんなだったか？

二匹とも気持ち良さそうに寝ている。昨日はシシカ村の人達から大人気だったから仕方ないか。本当に銀太とスバルには感謝だ。コイツ等がいなかったらシシカ村は大変なことになっていた。父さんやリムだって……ありがとうな。

よしっ、お礼に俺流の甘味祭りをしてやるか。

俺はスバルをそっと銀太の腹の上に置いて、甘味の準備をする。

街で人気のシュークリームという物を沢山買っておいたんだ。今が出番だな。

俺は溶かしたチョコを使って、丸いシュークリームをくっつけていく。

三十分もすると、一メートルはあるシュークリームタワーが完成した。銀太とスバル、喜んでくれるといいな。

『美味なのだ！　シュークリム！　我は気に入った。お気に入りの甘味に入れてやるのだ』

『シュークリーム、初めて食べたぜっ！　こんな美味い甘味を今まで知らなかったなんて！　悔しいぜ』

ふふっ、相変わらず美味しそうに食べるなぁ。

シュークリームタワーに頭を突っ込む二匹の食べっぷりをニマニマと見ていたら、凄い勢いで家の扉が開き、母さんが出てきた。

「おはようティーゴ！　もう起きたのね。昨日は気持ち良さそうに銀太様とスバル様と外で寝てたから、そのままにしといたわ。聖獣様が一緒なら襲われる心配もないしね？　フフッ」

確かに。最強の二匹が居たら何処で寝ようが、どんな魔獣も怖くて近寄ってこないよな。

「おはよう母さん。昨日のパーティーは凄い賑わいだったね」

「本当にね～。シシカ村始まって以来かもね！　あんなパーティーは。楽しかったわー。久しぶりにダンスとか踊っちゃったわ！　フフッ」

「父さんと楽しそうに踊ってたもんね！　相変わらず二人は仲良しだね」

母さんは顔を真っ赤にして話を変えた。

「あっ！　朝ご飯が出来たから呼びにきたんだよ！　さっ、食べよう！」

「はーい」

銀太達を見たら、シュークリームタワーはもうなくなっていた。早いな！

「銀太、スバル、朝ご飯食べるか？」

『『もちろんっ』』

みんなで食べるには家の中は狭いので、外で朝ご飯を食べることにした。

久しぶりの母さんのご飯はやっぱり美味しかった。

『美味いの！　このスープ、気に入ったのだ』

「ありがとう銀太様！　ドンドン食べてね」

『『おかわり』』

二匹とも、食べ過ぎだし早過ぎだろ！


食事の後に、父さんと母さん、それに俺の三人は、家に入り話をする。

リムと銀太とスバルは、外で遊んでいる。

「どうしたのティーゴ？　改まって？」

俺は母さん達に金貨五百枚を渡す。

「えっ⁉　何この大金、どーしたの？」

「この前、銀太のおかげでAランクダンジョンをクリア出来たんだ。その時に貰ったんだよ」

「Aランクダンジョンクリア！　凄いじゃない、ティーゴ」

「いやいや……俺は何もしてないよ。全て銀太のおかげだ。母さんと父さんにはいっぱい心配かけたし、貰って欲しい。俺はこれからもっともっと稼ぐ予定だからな！」

「一人前なこと言うんじゃないよ！　でもありがとうね。立派になって……嬉しい」

「父さんだって負けないからな？」

二人の笑う顔を見て、少しでも恩返しが出来て良かったと思う。

「それで……ティーゴはいつまでシシカ村にいるの？」

「明日にはシシカ村を出発しようと思ってる。ルクセンベルクの街に行ってみようと思ってて。最近知り合った人と約束してるんだ！」

「そんなすぐに⁉　そうか……でもな？　次は何年も帰ってこないとかは許さないからな。たまには帰ってこいよ？」

父さんにガシガシと頭を撫でられる。

「もちろんだよ！　俺の帰る家はここだからな！」

「ティーゴ……っ」

父さんと母さんが涙ぐんでいる……そんな顔されると俺まで泣きそうになる。

「――銀太達をちょっと見てくるよ！」

熱くなった目頭を押さえ、俺は慌てて外に出た。

外の空気が気持ちを落ち着かせてくれる。

「あっ！　お兄ちゃん。銀太様、凄いんだよー！　見ててね？」

俺が出てきたのに気付いたリムは、笑顔でそう言うとボールを遠くに投げた。

すると銀太がボールに飛び付き、リムの元へ持ってくる。

ボールを持ってきた銀太は、ドヤ顔をしながら尻尾をブンブン振って嬉しそうだ。

聖獣様……？　犬扱いされてるけど？　良いのか？

俺は笑いを堪えるのに必死だ。

少しすると、銀太が凄い得意げな顔で寄ってきた。

『ティーゴ！　家族の戯れとやらは中々楽しいのっ。どうやら我はボールを取る天才らしいのだ！』

「ブアッハハハハハハハッ」

もうダメ、我慢出来ないっ！　何だよボールを取る天才って！

『なっ！　何じゃ？　何が面白いのだ？』

銀太は俺が何で笑っているのか分からずキョトンとしている。銀太の奴め、可愛過ぎる。

「わっぷ？」

その時、突然突風が吹いたかと思うと――。

『ティーゴ、西の森の様子が何か変だ！』

空を散歩していたスバルが慌てて帰ってきた。

『何か嫌な感じがする』

『嫌な感じとは何じゃ？』

銀太は少し難しそうな表情をし、スバルに質問した。

『それは近くに行ってみないと分からねーな！』

『では見に行くかの？』

えっ！　西に何があるんだ？

今すぐ見に行くって、準備とかしなくて大丈夫か？

そしてこの後、俺は西の森で会いたくない奴との再会を果たすことになるのだった。

11　謎

『空を散歩してたらよう。異様な魔力を感じる場所があってな？　確かこの辺りだったはず……』

俺は大きくなったスバルの背中に乗せてもらい、空を飛んで西の森に向かっている。銀太はというと、前と同じくスバルが足で掴んでいる。

『ほら！　あった、彼処《あそこ》だよ！』

『これは何と……！』

俺でも何となく分かる……銀太の力のおかげなのかな。

スバルの指す方の森は、真っ黒でオドロオドロしい空気を纏っている。

『これは……ほう、この魔力は魔族かの？』

『銀太もそう思うか？』

えっ、何て言った？　魔族だって⁉

魔族というのは、人族に近い姿を持つ、しかし全く異なる種族のことだ。

低位の魔族は肌が褐色《かっしょく》だが、高位になればなるほど人に近い見た目となる。

彼らは一様に凄まじい魔力を持っていて、自分達以外のことなど何とも思っていない。

時々気まぐれに他種族を襲っては、命や財産を平気で奪っていく。人族からすると恐ろしい存在だ。

シシカ村近くの森に、そんな魔族がいるだと？　どう考えたってヤバいだろ！

「魔族がこんな所で何を？」

『それは分からぬ、今から下に降りて覗いてみるのだ』

『そうだな！　まぁ変なことしてたら、消したらいいだけよ？』

魔族を消す!?　さすが聖獣様……ビビってるのが阿呆らしくなるな。

『よしっ、降りるぞ！』

スバルが掴んでいた銀太を離す。

銀太が飛び降りたのは洞窟の手前。そこに居た数人の魔族がびっくりし過ぎて呆然と固まっている。俺とスバルは、空の上からその様子を静かに見守ることにした。

『ククク、銀太だけで大丈夫だな。俺達の出番はなさそうだぞ？』

スバルは面白そうに魔族達の様子を見ている。

「「「ギャッギャアアアー」」」

「フェ、フェッ、フェンリルが急に現れたー!!」

「結界は？　張ってたはずだろ!?」

やっと正気を取り戻した魔族達だが、今度は突然現れた銀太にパニックだ。

「何でこんな場所に！」

「しっしかも……こいつトリプルSだ！」

「SSSランク⁉」

「そんな奴、存在したのか…」

恐れられたことに気を良くした銀太が低い声で笑う。

『ククク、魔族共よ。こんな場所で何をコソコソしておる？』

「ひゃっあわわっ……なっ何も！」

銀太に話しかけられ、魔族達は震えが止まらない。

「私共は何もしておりません！　フェンリル様に迷惑をかけることなど！」

「お許しください……」

魔族達は頭を地面に擦り付け、助けてくれと懇願《こんがん》している。

何だろう。これじゃあ、どう見たって銀太の方が悪役だ。

『ほう？　我に嘘をつくとどうなるか、分かっておろうの？』

その言葉にまた魔族達は震え上がった。

何やらヒソヒソと話をしたかと思うと……。

「……一旦逃げるぞ」

シュンッ！

『ほう？』

魔族達の姿が瞬時に消えた。

スバルが舌打ちする。

『クソッ、転移しやがったか……！　まぁ良いか。気になるのはあの奥だからな』

奥が気になるって、どういうことだ？

「えっ？　奥……？　洞窟か？」

『そうだ、彼処に何かある！　おい銀太、洞窟の奥を見てきてくれ！』

『分かったのだ！』

銀太は洞窟の奥に走って行った。

『俺達も向かうぞっ！』

「そうだな！」

足を踏み入れたところで、ギャアァァァー！　と甲高い声が洞窟の壁に反響した。

「何だ、また悲鳴が……？」

『どうやら中にも人が居たみたいだな』

小さくなったスバルと共に洞窟の奥に行くと、簡易的な檻があり、中に人が捕まっていた。彼等は全員気絶している。

『我が中の者達を助けてやろうと近寄ったら、次々に気絶したのじゃ……』

銀太は申し訳なさそうに耳をペタンと寝かせる。少し落ち込んでいるようだ。

「銀太は悪くないぞ！」

俺はそう言って銀太をヨシヨシと撫でた。

俺達は牢屋に入って、中にいる人を外に出そうとする。その中に、見知った顔が倒れていた。

「……ガストン」

『なっ！　こやつは主を囮にして捨てて行った嫌な奴ではないか！』

『捨てた？　何だ、聞き捨てならねー話だな？』

スバルが寄ってきて、興味津々って感じで聞いてくる。

銀太がプリプリしながら、当時の話をスバルにしてくれる。不思議なことに、他人の口を通して聞くと、俺の怒りは薄れていく。

銀太の話を聞いて、今度はスバルがプリプリと怒り、ガストンに近寄って悪態をつく。

『こんなクソ、助ける必要ねーよ！　どうするティーゴ？　どっかの山に捨ててこようか？』

俺の代わりに怒ってくれる可愛い聖獣達、その気持ちが嬉しいよ。

「ありがとうな。でもそういうわけにはいかないよ、俺だって殴りたいくらい腹が立つけど、コイツだけ助けなければ……俺はコイツと同じ屑になってしまう。だから助けるよ」

『……主』

『ティーゴの旦那……』

銀太とスバルは少し目を細め、眩しそうに俺を見た。

『よし！　今、起きられても困る。みんな、スリープ魔法で眠らせとくか！』

『ふうむ！　そうだの……っと、お前は何で魔族の振りをしてるのだ？　エルフよ？　お主は気絶しとらんじゃろう？』

銀太が、奥に座っている黒装束を着た男に話しかける。横に居るのは奴隷か？

奥にまだ人が居たなんて、銀太が言わなければ全く気付かなかった。

『どうしたのだ？　エルフよ？　黙っていては分からぬ！』

「フェンリル様！　魔族から助けてくださり、ありがとうございます。私は貴方様の言う通り、エルフです。魔族になりすましておりました」

『ほう？　グリフォンの俺様も忘れてもらっちゃあ困るぜ？』

スバルは、銀太だけお礼を言われて不服そうだ。

「なっなな！　グリフォン様まで！　お姿で判断して申し訳ございません」

エルフは、慌ててスバルにも頭を下げ挨拶をした。

『で？　何で魔族なんかになりすましたんだ？』

「我等エルフを守ってくれている聖龍様が、新しい命《卵》をお生みになりました。我等はその命を大切に愛《いつく》しみ、育てていたのですが、突然魔族に奪われてしまったのです。私達エルフは命《卵》を取り返すべく魔族になりすまし潜入し、やっと取り戻すことが出来たのですが、一緒に潜入した仲間はみんな死にました。どうにか生き残った私も魔族に見つかり、救った命《卵》を奪い返されるところでした……助けていただき本当にありがとうございます」

そう言うと男はエルフの姿に戻り、深々とお辞儀《じぎ》をした。

『それで卵ってのは何処にあるんだよ？』

「こちらです！」

横に居た奴隷が、檻に入った卵に変わった。卵の殻は真っ黒だ。

「びっくりした！」

「魔族によって何重もの結界が張ってある檻に入れられて……私共ではこの結界を解くことが出来ず、姿を変えて持ち運んでおりました」

『なんじゃ！ そんなの簡単なことじゃ』

銀太がそう言うと、檻がスッと消えた。

「すっ凄い⁉ あんなにも頑丈だった結界がいとも簡単に……さすがフェンリル様です。ありがとうございます」

エルフの男は再び深々と頭を下げた。目には涙を溜めている。

『この卵は……！ 卵の時期に与える影響によって悪にも善にもなる虹色の卵』

スバルはひどく驚いているようだ。

何？ 虹色の卵？ 聞いたことないぞ、そんなの。っていうか、虹色じゃないし。

「そうなのです。魔族達はこの卵に悪を注ぎ込み、邪竜を生み出すつもりだったのです。この卵は大分魔に穢《けが》されてしまった。このままだと邪竜が誕生する可能性がかなり高い。クソォ……うぅ」

口惜しげに唇を噛んだ後、エルフは姿勢を正して俺達を見つめた。

「そこでお願いがあります。この卵を皆様が育ててくれませんか？　もし邪竜が生まれたら我等ではどうすることも出来ませんが、フェンリル様とグリフォン様なら邪竜が生まれても殺せる。図々《ずうずう》しいお願いなのは分かっております」

『……ふぅむ』

エルフの男は泣きながら、銀太とスバルに土下座してお願いしている。

魔族め！　エルフの大切な卵になんてことするんだよ！　邪竜とか恐ろし過ぎるだろ。

「分かった、卵は俺達に任せてくれ！」

思わず俺は即答で了承していた。銀太とスバルは唖然としている。そりゃそうだよな、こんな面倒臭いことを簡単に引き受けて。でも……卵が可哀想でさ。

『ティーゴの旦那、良いのか？』

『主が良いなら……良いかの』

銀太とスバルは驚きながらも、俺が良いならと納得してくれた。

「ありがとうございます！　私はエルフの里に帰り、このことを話してまいります！　本当に感謝いたします！」

エルフの男は何度も礼を言い立ち去った。

俺達は未知なる生命を育てることになってしまった。安易にオッケーしちゃったけど……大丈夫だよな？


俺達は卵を預かった後、倒れている人達をどうしたら良いのか悩んでいた。

「さてと、この眠ってる人達をどーするかだな？」

『一番近い村に連れて行くしかないよな？』

スバルがそう言うが、ここから近い村ってそれは……。

「ってことはシシカ村か……まぁそうなるよな」

俺達は洞窟の側にあった馬車の中に全員を乗せていく。ガストンに気を取られていたが、メリーもその中に居た。二人で帰省する途中だったのかもしれない。

「馬車に俺が乗って行こうか？　御者をしたことはないけど……」

『いや……馬を放して、荷台を俺が掴んで運んでいくよ！　それが一番早いだろ？』

確かに慣れない俺が御者をするより、それが一番早くて安全だ。

「じゃあスバルにお願いするよ」

『ティーゴの旦那はその卵を大事に持っててくれよな！』

「分かったよ」

俺は三十センチくらいある卵を大事に抱きしめる。

『では我は下から走って帰るの！』

「じゃあシシカ村で合流な？」

★　★　★

村に着くなり、急いで入り口に荷台を置くと、スバルは急いで小さな姿になる。荷台の存在に村の人達がすぐに気付き、わらわらと人が集まってきたのだ。

俺は魔族のことや捕まっていた人のことなど、卵のこと以外を村長に説明した。

「何ということだ！　村の近くに魔族が集まっていたなんて!!　ティーゴ、また村を救ってくれて本当にありがとう！」

村長に凄く感謝されて、何だか少し照れ臭い。

連れてきた人達は、家族や身内がこの村にいる場合はそのまま引き取ってもらい、居ない人達は村の宿屋に泊まることになった。

魔族への恐怖で心が壊れかけている人も居たけど、村長が心が癒えるまでずっと村に居て良いと話していた。それを聞いてホッとした。

「俺達も家に帰るか！　銀太もそろそろ村に帰ってくるだろうし……」

『そうだな！　銀太が帰ってきたら甘味が食べたいなぁ』

チラリと俺を見て、頑張っただろう？　とスバルが翼を広げてアピールしてくる。その姿があまりにも可愛い。

「ふふっ……分かったよ。銀太が帰ってきたらご褒美のチョコケーキだ」

『チョコケーキだと？　……神々の悪戯。本当かティーゴ？　やったぜー！』

スバルが俺の周りをパタパタと飛び回る……可愛いな！

その時。

「よう？　ティーゴ！」

知った声がする方を見ると……アイツがいた。

さっき親父さんが家に連れて帰ってたけど、もう目が覚めたんだな。はぁ、せっかくスバルに癒されていたのに気分が台なしだ。

「ガストン……目が覚めたんだな？」

「んっ？　ああ……って何でお前が知って……あっいや」

ガストンは自分が洞窟で気絶していたことを、俺に知られたのが嫌だったらしい。

「何だよ？　俺に謝りにきたのか？　囮にしたことをさ？」

全然そんな雰囲気じゃねーけど、一応言ってみた。

「元気に生きてて良かったよ！　死なれて呪われでもしたらたまらないからな！　アハハッ」

ちょっとくらい反省してくれてるかも、なんて甘い考えだったな。

何処までも屑だな、コイツは……。

「くくっ、しかも肩に乗せてる鳥はお前の使い獣か？　やっとテイム出来たんだな？　お前にお似合いの可愛い小鳥ちゃんだな？」

『コイツ……ティーゴ、コイツ殺《や》っちゃってもいい？』

スバルが恐ろしいほどの殺気を放ち出した。

思わず良いよって言いそうになるよ。

ガストンはスバルの殺気に気付いていないようだ。

「俺はなぁ……お前が生きてたせいで人生散々なんだよ！　だからさぁ？　殴らせろや！」

「なっ？」

何言ってんだコイツ!?　八つ当たりも大概にしてくれ。

ガストンが俺に飛びかかろうとした瞬間、俺とガストンの間に銀太が割って入る。

『誰を殴るんだ？　小僧よ？』

「ギャッ……!?」

いきなり現れた銀太に、ガストンは自分に何が起こっているのか理解できていない。

「あっあわわ……」

震えが止まらず、気を失う寸前だ。

『お前は我の主を愚弄《ぐろう》した！　許せぬ。覚悟しての発言であろうの？』

「ああっ主!?　だっ誰が？」

『我の横におるであろ？　見えんのか、主の姿が？』

ガストンは震える体をどうにか動かし、銀太の視線を辿る。

「よよっ横って……？　ティーゴしか……あっ！」

ガストンは震えながら俺を見る。

「まっまさか……っ」

『そうじゃ！　我が主ティーゴだ。お前は主を愚弄した。我は絶対に許さぬ！』

「ヒィッ！」

銀太の言葉に恐れをなし、ガストンは固まってしまった。

その姿は口を開けて目を見開き、ハッキリ言って間抜けな顔だ……ププッ。

こんな場面で笑っちゃダメなんだけど。

『ンン？　何か臭うの……もしやお主、漏らしておるのか？』

「いやっはっ……!?」

漏らしていることに気付いたガストンの顔が、真っ青から真っ赤に変わる。

「ププッ……アハハハッ！」

とうとう俺は我慢出来ず、爆笑してしまった。

「おいコラ！　ガストン？　何してるんだ？」

するとそこに、ガストンの親父が走ってきた。

「お前！　家から抜け出したと思ったら……こんな所で！　ティーゴやフェンリル様に迷惑かけてねーだろな！」

様子が明らかにおかしいガストンに気付き、親父さんはジロリと睨む。

「何もしてねーよ……」

下を向き、恥ずかしそうにぼそっと答えるガストン。

「んんっ？　お前そのズボン……漏らしたのか⁉　お前何歳だと……ったく。ティーゴ！　銀太様！　スバル様！　失礼しやす！　さあ来いっ」

「ちょ……いててっ、離してくれよっ」

ガストンは親父さんに耳を引っ張られながら連れて行かれた。

何がしたかったんだ、アイツ……？

『ククッ、あやつ、漏らしておったの！　また会ったら次も脅してやろうかの』

『良いな！　次は俺も思いっきりやってやるぜ！』

二匹が盛り上がってる……まぁ怖がらすだけだし、ほっといても良いか。

閑話　ガストンの色んな勘違い

俺達が檻に入れられてから、後ちょっとで一時間が経つ……。

このままだとまた誰かが殺される。絶対に俺は殺されたくない。先に臭い奴等を気絶させといて差し出すか？

そんなことを考えていると、外から激しい足音がする。

「何だ？　何の足音だ⁉」

ガッシャーン‼

何かが鉄格子に体当たりしてっ……？

隣に居たメリーが悲鳴を上げる。コイツは、この魔獣は……！

「また……ふぇんり……」

次の瞬間、俺の視界は真っ暗になった。


気が付くと俺は、シシカ村の自分の部屋で寝ていた。何だ？　何で？

まさか……⁉

あの洞窟でのことは夢？　何処からが夢？　わけが分からない。

とりあえず頭を冷やそうと外をブラブラしてたら、何とティーゴが居やがった！

ショボい魔獣と嬉しそうにしやがって、その姿を見て俺は無性にイライラしてきた。

周りを見ると誰もいない。村の誰かに見られでもしたら厄介だからな。くくっ、今ならブン殴れるチャンスだな。

さぁて憂《う》さ晴《ば》らしさせてくれよ？

それなのに！

あのフェンリルがまた目の前に現れた！　怖過ぎて足が震え、体が固まり、言うことを聞かない。

しかもコイツはティーゴの使い獣だという……嘘だろ、ありえない。

フェンリルを使役するなんて聞いたことないぜ。

クソクソクソクソクソッ！

その後、俺は親父に無理矢理連れられ、家に帰った。愚痴愚痴と長い説教をされ、さらには家でも驚愕の話を聞くことになる。

なんと、ティーゴがシシカ村の救世主になっていた。

昨日は歓迎感謝パーティーをしていただと？　ふざけるな！

どーなってるんだよ？　何で屑だったティーゴがみんなから崇め奉られてんだよ。能力なしの屑だったから、パーティの雑用係を文句も言わずにやってたんだろ？

あーーっ腹が立つ！　イライラする。

だが……ティーゴの側にはフェンリルが居るから、怖くて近付けない。

フェンリルは怖い。あの姿を思い出すだけで震えが止まらない。

それから俺は、ムシャクシャする気持ちを発散出来ず、ずっとイライラしている。

「はぁーあ……何で戦士の俺様が薪割りなんて……くそっ！」

薪割りなんかでこの苛立ちが収まるかよ！

数日後のこと。裏庭で薪を割っていると、誰かが家の側の道を通るのが見えた。

ん？　あれは……ティーゴだ！　何処に行くんだ？　今日も小鳥を連れているが、フェンリルの姿が見えない。

周りを何度も見回し、フェンリルが側に居ないことを確認する。これはチャンス！

俺は薪割りなんかやめてティーゴの後をついていく。人気《ひとけ》のない所で声をかけようと考えていると、都合良く森に入って行く！　今だ！

「よお！　何処に行くんだよ？」

「またガストン？　何か用か？」

ティーゴが呆れたような顔をして俺を見る。

何だ？　その態度は。ティーゴの癖に偉そうだな！

「今日はフェンリルを連れていないのに、そんな偉そうに喋って大丈夫なのかよ？」

「別に？　ガストンとする話なんて何もないしな」

「なっ？　えっ、偉そうに！　その弱っちそうな小鳥ちゃんで俺に敵うとでも？」

『おい？　小僧、誰に偉そうに言ってるんだよ』

小鳥が瞬く間に巨大な姿へと変貌した。

「誰って……？　小鳥ちゃ……ンん!?　ひょわっ？　グッグ……グリフォン」

なんなんだ!?　フェンリルの次はグリフォンだって!?　俺は恐怖で体が固まり、じんわりと下腹部が温かくなった。

「あーあ……スバル！　驚かせ過ぎだって！　立ったまま気絶しちゃったじゃん。うわっ、また漏らしてるし……」

『だってよ～、これくらいでビビるとか思わねーじゃん？』

薄れゆく意識の中、ティーゴとグリフォンの会話が聞こえる。何を平然と話してやがる、ティーゴの癖に……。

「とりあえず親父さんに連絡しとこ」

それを聞いたのを最後に、俺は完全に意識を失った。

12　新たなる旅立ち

「ティーゴ、迷惑かけてすまんっ！　ありがとう。アイツを引き取りに行くわっ」

村に帰って、さっきのことを伝えると、ガストンの親父さんは慌てて森に走って行った。

ふうぅ……もう勘弁して欲しいな。

『ティーゴの旦那！　よくあんな奴とパーティ組んでたな？　性格最悪だぜ？』

スバルの言う通りだ。本当にな……昔はあそこまで酷くなかった気がするんだけどなぁ？

俺が必死過ぎて、気付かなかっただけか？

「どうする？　邪魔が入ったけど釣りに行くか？」

『もちろんだよ！　どっちがいっぱい釣れるか競争だぜ？』

俺とスバルは釣りに行く途中で、ガストンに邪魔された。

銀太の奴はリムと、家族との戯れという名のボール遊びを満喫しているので、俺とスバルは別の場所へ遊びに行くことにしたのだ。

森の中に流れる小川をスバルに紹介する。

「この場所は穴場の釣りスポットなんだ！」

小さな時はガストン達ともココで釣りしたなぁ……なんて思い出す。まぁ、昔のことだ。

『懐かしいな。主と海で宝石釣りしたのを思い出すぜ！』

楽しそうにカスパール様との思い出を語るスバル。

スバルの言う海って、きっと凄いんだろうな……俺もいつか海に行ってみたいな。

「よし！　釣るぞー！」

俺はスバル仕様の小さな釣り竿を作った。三十センチくらいの背丈のスバルは、器用に翼を使って釣りをしている。横には大きな卵も一緒だ。真っ黒だった卵も、洗ったら綺麗な黄色の卵になった。

『おっ？　釣れた！　見たことないのが釣れたぞ！』

「やるな？　俺も負けないよ？　やった！　三匹目」

『なに！　俺は五匹目だ！』

短時間で凄い大漁だっ！　過去最高かもしれない……。

今までこんなに釣れたことはない。もしかして今日はついてる？　なんて思っていたら、見知った奴が走ってきた。

「ティーゴ！　やっと会えた！」

「メリー……」

俺をダンジョンで捨てた奴め、よく平然と現れることが出来たな？

やっぱり俺はついてない。

「村に帰ってきたらねっ？　ティーゴの話題でもちきりでね？　びっくりだよ！」

「…………」

「しかも！　あの時のフェンリルを使役するなんて！　凄いよ、さすがティーゴ！　私はね、ティーゴには才能あるって分かってたよ？」

何を言ってるんだ？　コイツは……？

俺をダンジョンで捨てた時のあの顔は忘れねぇよ？

メリーはいつも俺を利用していた。どうせ便利な召使いとでも思ってたんだろ？

『なぁティーゴ……この女って屑パーティの奴か？』

スバルがこっそりと耳打ちしてきた。

「ああ……そうだ」

「ねえってば、黙ってないで？　あんなこと忘れてねっ！　前みたいに仲良くしようよ！」

どうやらはっきり言わないと分かってもらえないらしい。

「……はぁ。メリーにとっては、俺が死んでたかもしれないことが、『あんなこと』で済まされるんだな？　そんな奴と話すことなんて何もないし、仲良くする気もない」

「なっ！　何よ……っ私が仲良くしてあげるって言ってるのよ？」

「あー……仲良くしてくれなくていいです。行こう、スバル」

「ちょっと待ちなさいよ！」

メリーがしつこく立ち塞がろうとした時。

『五月蝿《うるさ》いの！　女！』

スバルが元のグリフォンに戻った。

「あっあわわわわ……」

いきなりグリフォンが目の前に現れたので、メリーはパニック状態に陥る。

『ティーゴが嫌だって言ってるだろ？　近寄るな！』

メリーはグリフォンにビビリ過ぎて声も出ず、腰を抜かしている。

『おい！　返事は？』

体が震え、声を出せないメリー。

「あう……あ……」

彼女は頭を必死に上下させる。

『返事だよ！』

スバルは顔を近付けて彼女を脅す。

やり過ぎてないか？

「あわ……！」

ショワワ～～ッ、と最近何処かで聞いた音がした。

見ると、メリーは気絶していた……しかも盛大に漏らして。

これ、さっきも見たやつ！

『なんだ？　面白くないな！　もう気絶しやがった』

スバルよ、俺のために怒ってくれるのは嬉しいけどな？　やり過ぎだよ……。

俺とスバルは、メリーをその場に残して、魚と卵を持って帰った。

途中で会った人にメリーのことを頼んでおいた。あのお漏らし姿を見られてどう思われるかなんて、知ったことじゃない。そこまで面倒見切れないよ。

「家に帰ったら魚パーティーだな！」

『魚パーティーか！　楽しそうだな！』

「ただいま～！」

「お兄ちゃん、お帰り！」

『主～、我はボール取りの神になったのだ！』

大量の魚を持って家に帰ると、リムと銀太がまだ外で楽しく遊んでいた。

銀太よ、ボール取りの神ってなんだ。

「沢山魚が釣れたからな。今日は母さんに頼んで魚パーティーだ！」

「『やったー！』」

早速母さんに釣りの成果を見せる。

「ティーゴ凄いじゃない！　こんなに大漁の魚、料理し甲斐《がい》があるわー！　うふふ」

大量の魚を見た母さんが張り切っている。どんな料理を作ってくれるのかな？　母さんの料理は全部美味しいから、今から楽しみで仕方ない。

銀太やスバルと一緒に、外で遊びながら魚料理が出来るのを待っていたら、良い匂いがして来た。

「ご飯が出来たわよー！　さぁ食べましょう」

外のテーブルに美味しそうな魚料理が並んでいく。

それを見た銀太はヨダレが止まらない。

『美味いのだ！　魚のムニエル！　気に入ったのだ。魚がこんなに美味くなるとは、母上は魔法使いみたいだのう！』

「やだっ、銀太ちゃんたら。褒め過ぎよっ！」

『本当だぜ。俺もこんな美味い魚料理を食べたのは初めてだ！』

「スバルちゃんまで！　もうっ。はいっ、どんどん食べて頂戴！」

満面の笑みで、母さんが新しい料理をどんどん運んでくる。その姿を見たら自然と笑みが溢れる。

母さんったら張り切っちゃって。銀太やスバルが『美味い美味い』と料理を褒めてくれるから、嬉しくて仕方ないって感じだな。

「父さんもおかわりだ！　母さんの料理は美味過ぎるからな」

「ふはっ、父さん、何対抗してるんだよっ」

父さんが銀太達にヤキモチを焼いている。

やっぱり家は最高だ。帰ってきて本当に良かった。

★　★　★

魚パーティーが終わると、俺達は身支度をして旅立つ準備を始める。

「ティーゴ……もう行ってしまうの？　もう少しゆっくりしていっても良いのに」

「本当だ。男同士、積もる話がまだまだあるんだぞ」

「銀太ちゃんと、もっと遊びたかったよぉ～」

リムは銀太にくっつき、離れようとしない。

家族との別れは寂しいけど、俺はこの世界をもっと見て回りたい欲が出てしまった。

銀太と色んな所を、まだ見ぬ色んな場所を旅したいって思ったんだ。

冒険者パーティを組んでいた時は、ずっとドヴロヴニク街に拠点を置いていたから、あの街以外に行ったことがない。だから俺にとって、この世界は知らない街だらけ。もう俺はパーティも組んでないソロの冒険者。自由だし、誰にも遠慮することなどないんだ。

「もう、何年も帰ってこないなんてことは二度としないから！　旅の楽しい土産話《みやげばなし》をしに、しょっちゅうシシカ村に帰ってくるから安心して」

『そうじゃ。何処にいても我の転移魔法でここまで一瞬なのだ！　すぐに帰ってこられるから安心するのじゃ』

「絶対だからね！」

「約束よ！」

父さんと母さんが交互に俺を抱きしめる。

「銀太ちゃ〜ん！」

リムが銀太に抱きつき、モフモフを堪能するかのように顔を埋める。

「じゃあね！　行ってきます！」

「「行ってらっしゃーい！」」

こうして俺達は、新たなる旅に出発した。

閑話　その頃のガストン達

「おい！　ガストン、また薪割りサボりやがって！　今日の分をさっさと終わらせやがれ！」

「うるせーな、もう少ししたらするよっ」

　ガストンは父親の叱責を浴びながら、渋々家を出た。昨日、薪を割り尽くしてしまったので、今日は森で木を拾うところから始めなければならない。

（くそっ、何で俺が薪割りなんぞしなくちゃいけねーんだよっ。これもティーゴのせいだ。フェンリル達を見てビビり癖がついちまったのか、大きな魔獣を見るとションベンちびっちまう。このままじゃ、冒険者としてはやっていけねー！　何で俺が『チビリのガストン』なんてあだ名付けられなきゃいけねーんだよ！　次この村にティーゴが帰ってきたら……今度こそ）

　内心で毒づきながら森に向かうと、入り口で知り合いと顔を合わせた。

「あらガストン、こんな所で何してるの？」

「メリーか、見て分からねーか？　薪を拾いに来たんだよ。お前こそこんな所で何してるんだ？　男漁《あさ》りか？」

「はぁ？　失礼ねっ。こんな森の何処に良い男がいるってのよ？　薬草を取りに来たの。本当はしたくないけどね。仕事しないんなら出て行けって言われちゃうし……はぁ、こんなことなら、良い男見つけてさっさと結婚しとくんだったわ」

そうボヤくメリーを見て、ガストンは「その我が儘な性格を治せたらな」と声には出さずに思う。

メリーの方は、ガストンの呆れた視線にも気付かず、夢想を続けている。

（この村には良い物件の男はいないし……んん？　居たじゃない！　ティーゴよ！　今や大活躍じゃない。そうよ、これほどの優良物件はないわね。よし決めたわ、次にティーゴが帰ってきたら……あーしてこーしてっと、うふふ楽しみ）

ガストンとメリーの勘違いはまだまだ続きそうだ。

13　ルクセンベルクの街へ

俺は銀太達に、これから行く街、ルクセンベルクについて相談する。

「ジェラール商会のイルさんとミミリーちゃんと約束したから、【ルクセンベルクの街】に行こうと思ってるんだけど良いかな？」

『我は主と一緒なら何処でも楽しいからの！　良いのだ』

銀太のやつ、可愛いこと言ってくれるなぁ。

『ルクセンベルクか！　久しぶりに行ってみるのも良いな！』

スバルは行ったことがあるのか。さすがカスパール様の使い獣だな。俺達と一緒に行く気まんまんなところが可愛い。しかし、帰らなくて大丈夫なのか？　俺は楽しいから良いけど……。

『俺が飛んで連れて行ってやろうか？　半日で着くぞ！』

スバルが嬉しい提案をしてくれるが、俺は思うところがあって断った。

「今回は初めての旅だしな。道も覚えたいし、のんびりと歩いて行こうと思う。だからスバルは俺の肩でも頭でも乗って、休んでくれて大丈夫だよ」

『そっそうか……じゃあ』

スバルはふわふわわっと飛んで、ぽすんっと俺の頭に座る。くう……何だその動き、可愛いな。

「じゃあルクセンベルクに向かって歩いて行くか！」

『『おー！！！』』

えーっと地図を開いて……。

今俺達が居るシシカ村からルクセンベルクに行くには、西の森を抜けて大きな橋を渡ると到着か……ふむふむ。西の森さえ抜けたら大丈夫だな。

俺達は木々をかき分け、森をのんびりと歩いて行く。

一時間ほど歩くと、黄色い果実が沢山実っている木々を見つけた。

「んっ？　何だあの実は……黄色いまん丸の果実。食べられるのかな？」

【リコリの実】

ランク　B　甘くて美味しい。

鑑定って便利だ……。

俺が感心していると、スバルが割り込んできた。

『おっ！　リコリか！　甘くて美味いんだよな！　魔力も一時的に20％アップするみたいだな！』

「えっ？　魔力アップ？　そんなこと、俺の鑑定結果には載ってないぞ！」

『ククク。スバル様の神眼には、鑑定で見えないことでも全て見えるのさっ！』

スバルがふんぞり返り、どうだと言わんばかりの顔で俺を見る。

「スゲエな神眼。カッコいい」

スバルのドヤ顔もその姿だと可愛いだけだわ。

早速俺はリコリの実をかじってみた。すると、肉厚な果肉から果汁がポタポタ落ちる。

「うんまー！　こんな美味しい実がこんなに沢山実ってるなんて！　誰も見つけられなかったのかな？　俺達ラッキーだな」

『この辺りはAランク魔獣のアウルベアの拠点があるからな！　中々この場所に人族は来ないと思うぜ』

スバルがここは危険地帯だと言っている。

「アッ、アウルベアだって？」

アウルベアは、Aランク冒険者パーティがやっと一匹倒せるレベルの奴だ！　拠点ってことは、大量にアウルベアが居るってことだよな？

緊張が走り、思わず生唾を呑む。

『ホラ？　彼処にいるぞ！』

「エエッ⁉」

スバルが指す翼の先を見ると、五十メートルくらい離れた所でアウルベア達がこっちを見ていた。

チラチラと俺等の様子を窺っている。

あれは……うん。完全にビビってるね。

銀太とスバルが怖くて近寄れないんだ。そうだった、コイツ等ＳＳＳランクだった。俺は銀太にビビっていたダンジョンのボスのことを思い出す。

だから森に入っても全く魔獣に出くわさなかったんだな。魔獣の方が逃げてたのか……。

これって冒険の旅……か？

ふと疑問が頭をよぎるが、気にしない。良いじゃないか、魔獣の方が逃げてくれるなんてラッキーだよな。

「せっかく邪魔者が居なくなってくれたんだ。リコリの実を取ろうぜ！」

『よーっし！　誰が一番多く取れるか競争だぞ？』

『ふぬぅっ！　我が一番だ！　負けんのだ！』

銀太とスバルは競争しながらリコリの実を取っている。

『我の勝ちだー！　フフッ』

「クソッ、元の姿なら俺が勝ってた！」

「いっぱい取ったなぁ……っておい！　銀太にスバル。果実でベッタベタじゃないか！」

果汁でベトベトの二匹から物凄く甘い香りが漂う。

『そうかの？　大丈夫だの、フンスッ』

『だよな！　普通だ』

ああ……ふわふわのモフモフ毛が……あんなにベトベトに……こんなの俺が嫌だ！

「ヨシッ！　今からシャンプータイムだ」

『シャンプーか！　あれは気持ち良くて好きなのだ』

『ゴクッ……地獄のシャンプー』

ん？　スバルの様子が変だな？　急に少し離れたところに飛んで行ったぞ？

まずは銀太から洗うか。水魔法で銀太の体を満遍なく濡らして、次にシャンプーでじっくりマッサージしながら洗っていく。

『そこ！　もっと強く……ほう……』

銀太はこのシャンプーマッサージが大好きなのだ。ふふっ、泡だらけだな。

「ちょっとそのまま待ってくれよ！」

離れた所にいるスバルを抱き上げ、銀太の所に連れて行く。

『イヤっ俺は大丈夫だ！　そのう……』

スバルが水から顔を背ける。

ハハーン……なるほどな。これはリムと同じだ。スバルは顔に水がかかるのが嫌なんだな。安心出来るようにちゃんと言わないと。

「大丈夫だから。スバルが嫌なようには絶対しないから、俺を信じて？」

『……ティーゴ』

俺はスバルの顔に水や泡がかからないよう、丁寧に洗う。体をマッサージしながら洗うと、スバルはため息を漏らした。

『はぁ……気持ち良いぜ。なんてこった、ティーゴのシャンプーは最高だ！』

「はいはい、ありがとうスバル」

スバルはいちいち大袈裟だからな！

銀太とスバルを水で流し、オイルを塗り込み再びマッサージ。そしてブラッシングして、仕上げの風魔法で乾燥！

ふーーっ、完成だ！　銀太とスバルは眩しいほどに美しい毛並みに！　ふわっふわのモフモフだ！

『ふぅむ……良いな』

『ティーゴの旦那はシャンプーの天才だ……』

二匹は美しく輝く毛並みをウットリと見ている。

満足したみたいで良かった。けど、二匹となると中々重労働だな。

あっ！　そうだ！　卵も一緒に磨こうかな！

俺は卵を取り出して、布でピカピカにする。なんだか良い匂いだし、前より輝いてきた気がする。

卵もいつも一緒だから、愛着が湧いてきた。頼むから邪竜として生まれてくるんじゃないぞ？

あぁーっ、そうだ！　今日のモフモフ布団は最高だろうな！　今から寝るのが楽しみ過ぎる……！

★　★　★

翌日、モフモフ布団を堪能した俺は、早朝から土魔法で窯《かま》を作っていた。昨日リコリの実を沢山取ったから、パイでも作ろうと思ったのだ。銀太達はまだ眠っている。

魔法ってこんなに便利だったんだな。これも銀太のおかげだよ。

魔法で火をつけて窯を温める。その間に俺はパイ生地をコネコネと念入りに捏《こ》ねて、形を整える。

次は元々甘いリコリの実をシロップと一緒に煮詰めて……どれ味見、一口舐めてみた。

「うわっ！　このままでも最高に美味い」

でも、もう少し煮詰めてジャムも作ろう。美味いって……はぁ、幸せだな。

十センチほどの大きさのパイ生地にバターを塗り、リコリの実を載せて窯で焼く。後は出来上がりを待つだけだ。

パイが焼けてきて、芳醇な香りが周りに漂う。

すると近くの森の木々が動いていることに気付く。何かが近寄ってきている？　銀太とスバルがいるのに？　魔獣じゃないってことか？

俺は辺りの気配に注意し、意識する。

……………あれはアウルベアか？

アウルベア達がソワソワしながら、こっちに近寄ってきてる。

そうか！　リコリの実はアウルベアの好物なんだ。銀太達が怖いのに……食い意地には勝てなかったんだな。

あはははっ、面白い奴だな！

俺は凶暴なアウルベアが急に可愛く思えて、焼き上がったリコリパイをアウルベアの所に持って行くことにした。

俺が近付くとアウルベア達は一列に並び、丸い尻尾をプリプリさせて待っている。ちゃんと統率が取れていることに少し驚くが、並んでいるアウルベア達にリコリパイを順番に渡していく。

するとアウルベアは軽くお辞儀をし、高速で尻尾をプリプリさせながら帰って行った。

本当にコイツ等は凶暴で有名なアウルベアなのか？

可愛いクマに見えてきた。

『ふうむ……良い匂い……』

『甘い……ゴクッ……』

あっ！　やばい、銀太達が目を覚ました。アウルベアに先にあげちゃったから、銀太達の分がない。

急いでいっぱい焼かないと！

『何じゃ！　この美味そうな匂いは！　甘味だの？』

『なんて甘い良い匂いだーっ！　腹が減ってきた！』

リコリパイの匂いに気付いた銀太とスバルが騒ぎ出す。

「銀太、スバル、ちょっと待ってくれよ？　もうすぐ焼けるからな？」

銀太は窯の前から離れずに、今か今かと焼き上がるのを待っている。

『ふうむ……あっ!?　アイツ等！　何で先に食べておるのじゃ？』

銀太が、パイを食べているアウルベア達に気付いた。アウルベアも銀太に睨まれているのに、パイは渡さんって様子で慌てて隠している。

「あははは っ」

『主、笑いごとではないのだ！　我の甘味を！　ふぬうっ、許さぬ！』

銀太がアウルベアからリコリパイを奪い取ろうとする。

「あっ！　待てよ銀太、ここはアウルベアの場所だからな？　俺達はリコリの実をベア達から分けてもらったんだぞ？　パイはそのお礼だよ」

俺がそう言うと、銀太はまた窯の前に座った。

『ふぬぅっ……仕方ないのだ』

香ばしい匂いがしてきた、もう焼けたかな？　窯からパイを取り出し銀太とスバルに渡す。

「さぁ！　食べて！」

『うわぁ……サクサクして甘くて、我は気に入ったのだー』

『この美しい見た目……甘い香り……これは！　果実の宝石！』

スバルよ、果実の宝石って何だよ。それは普通のパイだ！


その後、アウルベア達もおかわりしにきて、俺は何枚もパイを焼き続けた。さすがにみんな満足したのか、思い思いの場所で寛いでいる。

ん？　一番大きなアウルベアがまた近寄ってきて、尻尾をプリプリ振っている。

手に何かが入った袋を持っており、俺にそれをくれた。

何だ？　中を見てみると……。

「凄い！　キラキラした宝石？　いや違う、これは魔石だ！」

魔石は魔物を倒したら稀に手に入る宝石で、魔道具やアクセサリーに使われ、重宝される。

この量はヤバイ！　色とりどりの綺麗な魔石が袋にぎっしり入っている。何個あるんだ？　数えきれないぞ。

「これ？　本当に貰っていいのか？」

大きなアウルベアは頷くと去っていった。貰っていいってことだよな？

袋の中身を見た銀太が驚いている。

『ほう……主、これは凄いの！　こんな量の魔石は中々集められないぞ』

『やるねー旦那！　甘味で魔石を貰うなんて、普通出来ねーよ？』

本当に……売ったらどれだけのお金になるんだろう。凄い金額なんじゃ、なんて考えていたら……ゾクッ！　急にこんな高価な物を持ち歩くのが怖くなり、少し背筋が凍る。

俺は急いでアイテムボックスに魔石を入れた。

それから、俺達はまた森を探索しながら歩き出した。

そして俺は気付いた。この森はお宝の宝庫！　良い物が取り放題！

俺は森をウロウロしながら……ずっと興奮状態だ！

「おっ！　これは中々手に入らない【ケアハーブ】！　これは良いポーションが作れるんだよなぁ」

「わわっ！　コッチには【キュアハーブ】に【マナハーブ】まで沢山生えてる、凄い！」

「銀太！　スバル！　ちょっとこのハーブを取るから座って待ってて！　これだけあれば、ギルドに売ったら良いお金になるぞー」

『『……』』

そんな俺を不思議そうに見つめる銀太とスバル。

『……ティーゴの旦那はあんなに薬草が必要なのか？　よく分からんな』

『うむ。薬草など使わなくても魔法で全て治るのに……分からぬ』

銀太達が不思議がるのも分からなくはない。俺はずっと魔物がテイム出来ず、色んな仕事を掛け持ちしお金を稼いでいた。もちろん魔法も使えないため、薬草は必須。

昔から染み付いた貧乏性は抜けない。どうしても欲しくなってしまうのだ。

「はぁぁ……この森は最高だな。果物も薬草も取り放題だ。これも銀太とスバルのおかげだよ！　ありがとう」

銀太とスバルは見つめ合い、ニヤリと笑う。

『まぁ、主が嬉しそうで良かったな』

『まぁな』

銀太とスバルのおかげ、というのはアウルベアに限った話ではない。さっき気付いたんだけど、地図をよく見ると、『AランクやBランクの魔獣が多数いるから迂回《うかい》必須』って大きな字で書いてあった。だから誰にも取られずに、薬草も果実も沢山あったんだ。

俺、銀太達が居なかったら森に入ってすぐに死んでたな……ブルッ！　想像したら身震いがする。

銀太達のおかげで今は無敵だけど……これに慣れたら俺、ヤバくないか？

まぁ、今更気にしても仕方ないな！

『おっ！　橋が見えてきた。後ちょっとで森を抜けるぞ！』

空を飛んでいたスバルが俺の肩に留まって教えてくれた。

「銀太とスバルが一緒だと、森を抜けるのもあっという間だな」

『おいティーゴ！　あっち見てみろよ！』

ん？　何だ？　スバルが教えてくれた方を見ると――。

「あっ、アイツ等……！」

アウルベア達が居た……！　丸い尻尾をプリプリさせてこっちを見ている。

『あやつ等はこの森の主《ぬし》らしいぞ！　主は気に入られたんだな』

『わざわざ見送りに来るなんてよっぽど好かれたな！　ククッ』

アウルベアめ、可愛いじゃないか……。

「おーい！　また森に来た時はリコリパイをいっぱい作ってやるからな！」

アウルベア達は尻尾をプリプリしながら森の奥に帰って行った。


「うわぁ！　凄い！」

森を抜けると、馬車や人々が整備された街道を行き交っていた。さっきまで誰とも会わなかったのに。まぁ俺が正規ルートで橋まで来なかったってだけなんだけど。

橋の前には番人らしき人が立っているな。あそこで受付をするのか？　なるほど、すぐに橋は渡れないのか……。

俺達が橋の受付の列に並ぶと……。

軽い悲鳴が聞こえたかと思ったら、蜘蛛《くも》の子を散らすように周りに人が居なくなり、橋の受付の一番手前まで空いた。

『おおっ、みんなが譲ってくれたな！　並ばなくて済んだな！』

スバルは嬉しそうに、空いた道を通って受付に飛んでいく。

銀太を怖がって人が居なくなっただけなんだが……。

受付の人は、近付いてみると、顔を真っ青にしてプルプルと震えている。

「この子は俺の使い獣だから安心して大丈夫ですよ」

「……あの噂は本当だったのか」

ん？　今小声で何か言わなかったか？

「あの……？」

「ああっ!!　はっ、初めてフェンリルを見るからね！　びっくりしてしまって……すっ、すまないね。本当ならこのまま通ってもらって構わないんだけど、『フェンリルを連れた冒険者が来たら連絡をしてくれ』と、ルクセンベルクの冒険者ギルドマスターから言われててね」

早くも銀太のことがあちこちに伝わってるんだな……珍しいから仕方ないか。

「橋を渡った所にギルドマスターが来ると思うから、来るまで少し待っててもらえるかな？」

受付の人がそう言って魔法鳥を飛ばした。ギルドマスターに連絡したのだろう。

「近くで見ると美しい毛並みだね……」

さっきまで震えていた受付の人は、銀太が何もしないと理解したのか、ウットリと銀太を見ている。この美しい毛並みは俺が毎日ブラッシングしているからだと、ちょっと自慢したくなった。

「じゃあ橋を渡るか！」

この大きな橋は、大昔に作られたのに頑丈に出来ていて、一度も壊れたことがないらしい。

あれ？　俺は橋の欄干《らんかん》に彫られた名前が気になった。

「なぁスバル！　この橋って、カスパール様が作った橋なんじゃ？」

『ん？　そうさ、主が作った橋さ！　凄いだろ？』

そうか……だから橋の名前が【スバル橋】なんだ。

「本当に凄いな、スバルの主は」

『そうさ！　凄いんだぜ！』

スバルはカスパール様のことを褒められ、自分のことのように喜んでいる。その姿が何とも可愛らしい。

【スバル橋】は長さ三百メートルほどの大きく長い橋。この橋が出来たことにより、ルクセンベルクはもとより、国まで栄えたって歴史の勉強で習ったな。

俺達は橋の歩道を、景色を見ながらのんびりと歩いて行く。

『凄いな！　スバル橋！　道が空に浮かんでるようじゃ！』

銀太は少し興奮気味に橋を歩く。

こんなに大きな橋は初めて渡る。下を見たら、ちょっとお尻の辺りがムズムズする。

「うわぁ……空と橋が繋がってるみたいだ」

橋を渡り終えると……こっちに向かって手をブンブン振っている人が居る。

あれがギルドマスター？

「ん？」

あの人は……エルフだ！

14　騒動に巻き込まれる

俺達が来るのが待ち切れないのか、手を振りながらエルフのギルドマスターが走ってきた。

「はぁはぁっ」

俺の前で立ち止まると、呼吸を整え、ニコリと笑い挨拶した。

「こんにちは！　僕がルクセンベルクのギルドマスターをしているファラサールです。よろしく」

ファラサールさんは右手を前に出した。俺はその手を握り挨拶を返した。

「こんにちはファラサールさん。俺はティーゴです。コイツは使い獣の銀太。それに友達のスバルです」

「あれっ？」

スバルを見てファラサールさんがびっくりしてる？

「スバル様って！　カスパール様の使い獣じゃ？」

えっ？　スバルのこと知ってる？　何で？

『久しぶりだな。エルフよ』

「やっぱりスバル様でしたか……！」

「二人は知り合い？」

『えーとな……』

スバルが説明するのが少し面倒だなって顔をしていると、それを察したのかファラサールさんが代わりに話してくれる。

「それは僕とカスパール様が昔、魔王討伐のパーティを組んでいたことがあるから。パーティメンバーは僕と勇者と戦士、そしてカスパール様の四人です」

「エエ!?　魔王討伐？　それって歴史の本に載っている？」

「はい！　それです。……とは言っても、僕達はほとんど何もしてないんですけどね」

ファラサールさんはそう言うと、舌をぺろっと出して笑う。

「カスパール様とスバル様達が全て倒してしまって……僕達は後からついて行くだけだったから。僕はその魔王討伐の功績でギルドマスターになれたんです。それから四百年、ずっとルクセンベルクでギルマスをしていますよ！」

ギルドマスターは普通のことのように語っているけど……凄い話をしてないか？

見た目は壮年《そうねん》の美しい男性なのに、歳は四百歳を超えてるのか。エルフって凄い。

「今、僕のこと何歳だろ？　って考えました？　フフッ、四百二十歳です！」

ヤバっ、顔に出てた？

「ふふっ、このまま立ち話をするより、冒険者ギルドでゆっくりお話ししませんか？　ルクセンベルクで人気の甘いお茶菓子をお出ししますよ」

『ふぬ？　甘い菓子じゃと？　行くのじゃ！』

話を聞いてないのかと思ったら、銀太はちゃっかりお茶菓子のところだけ聞いていたようだ。尻尾を上下に振り、早くも行く気満々だな。ルクセンベルクの街の情報も知りたいし。丁度良いか。

「そういえば、ファラサールさんはどうしてエルフの姿のままなんですか？　俺が会ったエルフの人は、人族に変身してましたよ」

「僕は魔王討伐で有名になっちゃいましたからね。他のエルフと違って、この姿の方が何かと都合がいいんですよ」

へー、そういうもんなのか。

大きな門を潜《くぐ》り街に入ると、街の中も凄い賑わいだ。スバル橋の近くだから色々な人が集まってる感じだな。

街を歩いていても、赤いマントのおかげか、軽い悲鳴こそ上がるけれど、銀太を見て倒れるような人は居なかった。

ルクセンベルクの冒険者ギルドには裏口もあるらしく、俺達は騒がれることなくギルド二階の応接室に行くことが出来た。

部屋に入るなり、銀太は菓子の催促だ。

『甘い菓子は？　我は早く欲しいのじゃ！』

「ちょっと銀太っ！」

そんな俺達の様子をニコニコと楽しげに見つめるファラサールさんは、サッとお茶菓子の用意をしてくれた。

『ふむ？　これはなんじゃ？』

目の前には丸くて白い塊が三つ並ぶ。

「これはルクセンベルクで大人気の大福《だいふく》です。中の餡《あん》が美味しいんです」

『どれ……あむ……!?　だっ大福！　美味いのだ！　もっとよこすのじゃ！』

銀太の慌てように、疑わしげに見ていたスバルも食べてみる。

『大福？　知らねーなぁ。どれ？　もぐっ？　餡が中々美味い！　これは……黒い最終兵器』

黒い最終兵器って……それはもう食べ物じゃない。

美味しさのあまり、銀太の尻尾とスバルの翼が激しく動くものだから、部屋の中は風が吹き荒れ、大変なことに……！　机の上にあった書類が舞い上がる。室内で甘味を渡すのは要注意だな。

「大分落ち着きましたかね……」

ファラサールさんはそんな二匹に怒ることなく微笑んでいる。本当すみません……後で片付け手伝います。

「こちらはミントティーです」

風の様子を窺いながら、ギルドのお姉さんが飲み物と、俺にも大福を出してくれた。

そして、ファラサールさんが話を切り出した。

「わざわざギルドに来てもらったのは、ちょっとお願いがありまして」

「お願い？」

「はい。この街から北西に行くと森があって、その奥で魔族を見たと何人かの冒険者から報告があり、我々ギルドでチームを組んで調査しに行ったのです」

「魔族……！」

また魔族か……シシカ村の近くに居た奴等と何か関係があるのか？

「その調査によって、森の奥に洞《ほら》があり、そこに多数の魔族が出入りしていることが分かりました。我々では多数の魔族相手にどうすることも出来ないため、困っていたところ……。ドヴロヴニクのギルドマスターから、フェンリルを使役しているティーゴ君の話を聞きました。彼に『この街にティーゴ君達を呼ぶことが出来ないか？』と相談したものの、ティーゴ君達は旅立った後でね。どうしようか……と考えていたら、橋の衛兵からの連絡でティーゴ君達が来たって聞いたからね！僕は居ても立ってても居られなくて、走っていったんですよ」

これは……シシカ村の魔族の話もしておいた方がいいな。

「あの……実は俺達はシシカ村からルクセンベルクに来たんですけど、シシカ村の近くにも魔族が居て」

「なっ！　本当ですか？」

俺はシシカ村でのことを話した。すると、ファラサールさんは魔族の誘拐事件とは別の、もう一つの事件の方に興味を示した。

「体が青く……！」

ファラサールさんは何かに気付いたみたいだ。下を向き、少し考え込んでいる。

「実は……初めに魔族を見た冒険者の一人が、体調を崩して教会で治療をしてたんですが……。昨日、体が青くなってきたと教会から報告が」

「もしかしたら同じ病気かもしれない！」

「本当!?　ティーゴ君、一緒に教会に来てもらえますか？」

「もちろん！」

教会に向かう途中、嫌な予感ばかりが付き纏う。

もしも、青色病に魔族が絡んでいたら……この先、とんでもないことが起こるかもしれない。

「悪い方に考えたらキリがない！」

俺は考えるのをやめて教会へ向かった。


教会に着いて急ぎ中に入ると、俺はあまりの無残な状況に言葉を失い、呆然と立ち尽くした。

いたる所に、怪我をして呻《うめ》く人達が寝そべっている。中には手足がない人もいる。

教会の中が怪我人だらけだ。ベッドも足りず、怪我人がそのまま地べたで寝ている。

「なっ？　この状況はどうしたのですか。司祭よ！」

ギルマスのファラサールさんが司祭に問う。

「先程……突然森の入り口で沢山の冒険者達が魔獣に襲われて。森の入り口には低ランク魔獣しか居ないはずなのに……AやBランクの魔獣が多数出現し、このようなことに」

「入り口にAやBランクだって!?」

「急いで助けに行った冒険者達もみんなやられて……どんどん教会に運びこまれてきたのですが、我々の回復師の数にも限界があり、とても全員を治療出来る状況ではありません」

「じゃあ、まだ森の入り口に魔獣が居るのか？」

「それはどうにか全て討伐したと……」

「そうか、それなら良かった」

「……ただ死にかけの者や手足を失った者などが多数……体が青くなり、氷のように固まっている者もいて」

改めて教会の中を見渡すと、むせ返るほどの血の匂いが鼻を刺した。

――嫌だっ、パパ死なないで！

――神様！　イヤァァァァァーあなた！　目を覚まして！

――誰か助けて……。

――痛い、誰かもう殺してくれ!!

響き渡る、大勢の悲痛な泣き声や呻き声。こんな状況、どうしたらいいんだよ。

「銀太……」

街の人達の苦しみと悲しみが伝わり、俺はまともに見ることすら出来ず、胸が苦しくて思わず銀太に抱きつく。

『主？　どうしたのじゃ？　辛そうだの？』

「……この人達を」

『うむ？』

「この人達を救うことって出来るか？」

俺は銀太に縋《すが》るようにお願いした。こんな時に何も出来ない自分が歯痒《はがゆ》い。

『何じゃ？　主は助けたいのか？　そんな顔をせずとも早く言えばよいのに……！　我なら簡単じゃ！　任せておれ！』

「銀太……！」

優しい銀太のおかげで、胸の苦しさがちょっと収まる。

――痛いー、殺してくれ！　あぁぁぁぁぁー、体が焼ける！　水を！　足がないー、痛い痛い痛いーー！　誰か殺して……。


『アオォーーーーーーーーーーンッ‼』

銀太の遠吠えで、騒がしかった教会内は一瞬で静まり返る。
みんなが銀太に注目する……！
『皆の者！　騒ぐでない！　今から我が全て治してやろうぞ！』
《パーフェクトヒール》
《パーフェクトヒール》
《リザレクション》
《リザレクション》

眩しい癒しの光が、キラキラと輝き教会を満たしていく。神々しくて温かい癒しの光。

『次は俺に任せろ！』

スバルはそう言うと、光る青いキノコの胞子を、青色病の人達にかけて回る。

銀太とスバルのおかげで、傷ついた冒険者達は全員回復した。

――神様！　神はいた！

――ああーっ、父ちゃんが目を覚ました！

――体が元に戻った！

――足がある！　目が見える！　神様、ありがとう！

――神様、神様、神様、神様、神様……。

凄過ぎる……誰が言い始めたのか、教会内は神様の大合唱だ。

またも銀太とスバルフィーバーだ。

神様！　神様！　と崇め奉られ……凄いことに。

一緒に教会に来たファラサールさんは驚きのあまり固まっている……その気持ちは分かる。

当の銀太達は、神様と言われ満更でもないみたいだ。銀太は尻尾を激しく回転させているし、スバルも翼をバサバサと羽ばたかせる。

『ふうむ……？　神か……悪くないの』

『まぁ……な？』

教会での銀太とスバルフィーバーはしばらく続いた。

それにしても、一瞬でこの大人数をいとも簡単に治してしまうなんて……改めてＳＳＳランクの凄さを実感した。俺の使い獣達は可愛くて最強だ。


教会を出た俺は、明日ファラサールさんと北西の森の探索に行く約束をして別れた。

『主～？　今度は何処に行くのだ？』

「雑貨屋さんに行こうと思って！」

卵を貰ってから、移動する時はショルダーバッグに入れてるんだけど……卵が大きいもんだから、はみ出している。何かちゃんとした入れ物が欲しいなぁ……ってずっと考えてて。

雑貨屋に丁度良いバッグがないか、見に行きたいんだよな。

『雑貨屋？　分からんのう……我は甘味の店に行きたいのだ』

「まぁまぁ……後でお菓子屋さんにも行こうな！」

『我は大福がもう一度食べたい！　餡がなんとも美味かったのじゃ！』

『いいな！　俺も大福気に入ってたんだよ！』

銀太とスバルは本当甘味が好きだな！

この街の人を助けてくれたお礼に、後でいっぱい買ってあげよう。

プラプラと雑貨屋を探しながらルクセンベルクの街を歩いていると、ショーウィンドウにバッグや帽子が並んでいるお店を見つけた。

「おっ……？　あれは雑貨屋か？　よし！　入ってみるか」

外から見る限り、品物でギッチリ埋まっている。俺は二匹を外で待たせ、雑貨屋に入店した。中に入ると沢山のバッグや小物が並んでいる。

「うわー！　いっぱいあるな。こんなにあったら悩んじゃうな。うーん」

俺は卵を取り出すと、

「これが丁度良い具合に入るバッグはありますか？」

と店主にオススメを聞くことにした。沢山あり過ぎて、自分じゃすぐには決められない。

「いらっしゃい！　おお！　綺麗な卵だね～！」

「ありがとうございます」

卵が褒められて何だか嬉しい。毎日一緒にいて愛着も大分湧いている。銀太達のブラッシングの後に卵を磨くのも日課の一つだ。

「オススメはこの三つですね」

店主が見せてくれたのは、少し大きめの革のショルダーバッグと、同じく革のリュック、さらに布のリュック。う～ん……悩むな。

「卵を実際に入れてみますか？」

「良いんですか？　ありがとうございます」

革のショルダーバッグは少し革が硬いため、出し入れが不便だな。布は、入れてみると丈夫さが不安だ。

革のリュックは柔らかい革で出来ており、何だか卵も喜びそうな気がしたので、これに決めた！

「このリュックにします！」

「ありがとうございます。銀貨二枚と銅貨三枚になります」

俺はお金を支払い、店を後にする。

「ありがとうございました……って、なっ！　何だ？」

店の外に出ると、銀太とスバルの周りに大勢の人が集まっていた。

『あっ、主〜！』

「どうしたんだ？　この人だかりは？」

『さっき教会で助けてやった奴や家族がさぁ？　俺達を見つけてお礼を言いに来たんだよ。そしたらさぁ……いつの間にかこんなに集まって』

これは凄い……どんどん人が集まってきてる。この街では別の意味で目立ちそうだな。

「銀太、スバル、行こう！」

俺達は集まっている人達に軽く挨拶し、足早にその場を離れた。

「はぁっ……明日になったらもっと凄いことになりそうな予感がする」

雑貨店の前を離れてため息をついていると、銀太が横から話しかけてきた。

『主？　甘味は買いに行かんのか？』

「あっ！　そうだった、行こう行こう」

ここだな！　大人気の大福屋さんは……あっ!?　シャッターが下りてる！

「……お店が閉まってる」

『なっ！　何じゃと？　我の口はもう大福の口じゃのに！』

『そんなー！　黒い最終兵器が食べたい！』

スバルよ……最終兵器は食べ物じゃないよね？

どうしても大福が食べたい銀太とスバルは諦めきれずに、扉に張り付いて中の様子を窺っている。

恥ずかしいからやめようね？

『餡の甘い匂いがするのだ！』

『扉をこじ開けるか？』

「コラッ、そんなことしたらダメだよ！　明日また買いにこよう？　なっ？　いーーーーーっぱい買ってあげるから！」

そう言って俺は、両手をめいっぱい広げる。

『分かったのだ。いっぱいだからの！』

『約束だぞ？』

銀太とスバルが納得したので店の前を離れようとした時……。

「神様……!?」

「神様」

男性二人が泣きながら俺達の所に走ってきた。

「ありがとうございます！　私の息子は両足がなくなり死ぬ寸前でした……それを……フグッ……。こんな元気な姿に回復していただき！　ありがとうございます！　神様」

男性二人は親子だった。恰幅の良いおじさんと若い息子さんである。

どうやらこの二人も教会にいたらしい。

「本当にありがとうございました。元通りの体に戻れるなんて……死んだと思っていた体です。感謝してもしきれない……」

『礼はこのティーゴに言ってくれ！　我はティーゴがみんなを元気にしてくれと言うから、叶えただけじゃ！』

『そうだな！　ティーゴの旦那が言わなきゃ助けてねえな！』

親子は俺にまで深々とお辞儀し、涙ながらにお礼を言う。

「あの……良かったらお礼に、このお店の大福はいかがですか？」

『なっ！　大福じゃと？　いるのだ』

銀太が食い気味に男の人に詰め寄る。

「ここは私のお店でして、良かったら店内に入りませんか？」

何とこの男性は大福屋さんの店主だった……何てラッキーなタイミング。

三番目の息子さんが怪我で死にかけていると教会から連絡が入り、慌てて店を閉めて家族で教会に向かったらしい。

「今日初めて大福を食べてから、俺達大好きになったんです。こんな変わった甘味を思いつくなんて凄いです」

「それは嬉しいですね。この大福は、ご先祖様が昔倭の国に行った時に知った甘味でして、そのレシピを持ち帰り、このお店を始めたのです」

店主さんは俺達が大福好きだと知ると、お店に並んでいる全商品をくれた。

今日は魔獣騒動でほとんどお店を開けていなかったらしく、凄い量の大福だ。

こんなことってあるか？　恐ろしい強運だな、銀太……そしてスバルよ……。きっと二匹の幸運値が恐ろしく高いからだな。閉まっている店の主まで引き寄せるほどの強運！

『早く食べたいの！　新商品のフルーツ大福とやらが気になるのだ！』

『だな！　お店に並んでいた大福はカラフルで美味そうだったもんな！』

「ちょっと待ってよー。とりあえず宿屋の部屋まで我慢してくれよ」

『分かったのじゃ。急いで宿屋に行くのじゃ！』

俺は銀太達に急かされながら急ぎ足で、ジェラール商会が経営している宿屋に向かった。

「………………」

これは宿屋か？　なんて豪華な建物なんだ……四階建て？　五階あるか？　凄いとしか言いようがない。本当にこんな豪華な、宿屋と言っていいのかさえ悩む建物に入って良いのだろうか？

違ってたらどうしようなどと考え、ドキドキしながら建物に入り、イルさんから貰った金色のカードを受付の人に見せる。

すると受付の人達の顔色が変わる。

「恐れ入ります。失礼ですがティーゴ様でしょうか？」

えっ？　何で俺の名前知ってるんだ⁉

「はい……」

「オーナーのイルから話は伺っております。当店にご来店いただきありがとうございます。お部屋にご案内しますね！　ついてきてください」

言われるがまま受付のお姉さんの後をついて行く。

「あっあわ……」

『おー！　カッコいいじゃねーか！』

『床がフカフカで気持ちが良いの』

案内された部屋は、見たことがないくらい豪華で広い部屋だった。

「こんな宮殿みたいな部屋……落ち着かないよ」

15　スバルの葛藤《かっとう》

俺――スバルと銀太は、目の前にある沢山の大福に大興奮していた。

『すっ凄い！　大福はどれも美味そうなのじゃ！』

『本当だ！　フルーツ大福も美味そうだぜ！　どれから食べるか悩むな』

『我は全種類制覇《せいは》するのだ！』

『俺だって負けねーぞ！』

そんな俺達の様子を、ティーゴは幸せそうに見ていた。

「慌てなくても大福は逃げないから、ゆっくり食べなよ。沢山あるからね」

銀太の主、ティーゴは良い奴だ。いつも俺達優先で美味いもんをくれる。それに、ティーゴが料理を作ると全部美味いんだ。

主と一緒に過ごしていたあの頃と同じで、何を食べても幸せな気持ちになる。ティーゴの料理は優しい魔法みたいだ……。

『スバルよ！　このリコリの実が丸ごと入ってるフルーツ大福！　美味いぞ！』

『俺にもよこせ！　何だ？　餡が白い！』

『はむっ果汁がっ……白い餡とベストマッチだ！　美味い！』

『そうであろ？　じゃがティーゴが作ったリコリパイの方が美味いのだ』

「フフッ、ありがとう銀太」

そう言ってティーゴは銀太の頭を撫でた。

何だか俺は無性に羨ましくなり……銀太に張り合う。

『俺だってティーゴのパイの方が美味いと思うぜ？』

「もうっ！　スバルまで照れるなぁ……ありがとう」

次は俺の頭を優しく撫でてくれた。

俺は嬉しくて胸が何だか苦しい……。

初めは銀太に主が出来たと知り、面白そうだからと興味本位でついてきた……だけだった。

なのに……ティーゴと一緒にいると凄く楽しくて、主といた時みたいに幸せで……。

俺はティーゴの側から離れることが出来ない。

ティーゴがバカにされると腹が立つ。追放した元メンバーの話は今思い出してもイライラする。

ティーゴは優しい。何も仕返しをしないから俺がタップリ怖がらせてやったぜ。

「スバル？　どーしたの？　急に食べなくなって……？」

色々と思い出してたら、食べるのを忘れてた。

『何でもないよ！　美味いからウットリしてただけだ！』

「ふふっ、そうか……なら良かった。まだまだいっぱいあるからな？」

そう言ってティーゴは俺の頭をまた撫でてくれる。この手は魔法の手だ。嬉しくて仕方ない。

あっ！　そうだ、一号、二号、三号達にもこの大福を食べさせてあげたいな！

アイツ等も大福は食べたことないからな！　びっくりするぞ！

『あのさ！　この大福を食べさせてあげたい奴がいるんだよ。そいつらに持って行って良いか？』

「おー！　友達にあげるのか？　いいよ、いっぱいあるから持って行きなよ！　銀太も良いよな？」

『ふむ……良いのだ。スバルの話によく出てくる奴等かの？』

『そうだ！　一号、二号、三号だ！　じゃあ俺……ちょっと行ってくる！　明日の朝には帰ってくるからよ！　俺を置いて行くなよ？』

俺は沢山の大福と、さらにリコリパイまで持って一号達の元に急いだ。

きっとこの俺の気持ちが何なのかも、アイツ等なら教えてくれるはず！


俺が空から舞い降りると、そこには三人の人影が並んでいた。

『スバル！　久しぶりじゃない！　いつもフラッと何処かに出かけるけど、こんなに帰ってこなかったのは初めてじゃない？』

『本当だな？　余程楽しいことがあったのか？』

『何か気になるねぇ……？　あっしの勘がピコーンって反応してるぜ？』

コイツ等が一号、二号、三号。付き合いの長い連中だ。

俺が興奮気味にティーゴの話をするのを、三人は黙って聞いていた。

『それは……スバル？　新しい主を見つけたってことよ！』

三号が突然言い出した。主だと？

『そうだな！　話からスバルの幸せが俺にまで伝わってきて……今、俺まで幸せだ』

『あっしもそう思う』

二号と一号まで同じことを言う。

『新しい……主』

『そうよ！　こんな楽しそうで幸せそうなスバルを見るのは、カスパール様が生きていた時以来よ……』

『亡くなってからのスバルは、ずっと……悲しそうだった』

『フェンリルのお友達が出来てから、大分元気になって……笑うようになって安心したけど……今のスバルは、カスパール様が生きていた時みたい』

数百年の時を共に過ごした三人だ。俺のことは誰よりも分かっている。

『俺は……ティーゴに使役《テイム》してもらいたかったのか……そうか……この気持ちは』

『カスパール様だってずっと言ってたでしょう？「ワシが死んだ後は良い主を見つけて欲し

い」って』

『……言ってたな。でもそんな気になれなかったからさ！』

『それは私達も同じよ！』

『よーしっ、分かった！　そのティーゴとやらにあっし達を会わせろ！』

『あら？　それは名案ね？　ティーゴをここに連れてきなさいよ！』

一号達が妙に興味を示している。どうしたんだ？

『えっ？　ティーゴの旦那をか？』

『俺達がスバルの主に相応しいか見定めてやろう』

何か面倒なことになったぞ……？

まぁいいか！　俺はティーゴにテイムされたいってことが分かったんだ！　俺の新しい主になる男をみんなに紹介してやるよ！

久しぶりにみんなとワイワイ食べるのも楽しかった。

一号、二号、三号はティーゴが作ったリコリパイが、一番美味しいって言っていた。

ティーゴが褒められると、なぜか俺も嬉しい。

★　★　★

大福に満足した銀太をブラッシングしながら、俺はさっきのスバルのことを思い出していた。

「スバル、嬉しそうだったね。お友達のことが大好きなんだね」

『そうだな！　友達みたいな……親みたいな存在だと我は聞いておる』

「そっか。明日は土産話が聞けるかな？」

リンリン♪　リンリン♪

二人で話していたら、急に何かが聞こえてきた。

「わっ？　何？　何の音？」

音のする方を見ると、入り口の扉近くの壁に付いた何かが鳴っている!?

「えっ？　これってどーしたら？　銀太分かる？」

リンリン♪　リンリン♪

『我も分からぬ……』

リンリン♪　リンリン♪

とりあえずウルサイので、音が鳴る物を取ってみる。

「……ティーゴさん」

わっ！　何か声が聞こえてくる！　何これ。

俺の名前を呼んでる？　俺は、声が聞こえる四角い何かを耳に当てた。

「ティーゴさん！　お久しぶりです。イルです！　スタッフから、ティーゴさんが施設に来店したと連絡があったので、急いでこちらの宿泊施設に飛んできました！　今からお部屋に伺ってもよろしいですか？」

凄い……イルさんが居ないのに話が出来るなんて、こんな魔道具もあるのか。さすが高級な施設は違うな。

「イルさん！　了解です。部屋で待ってます！」

しばらくすると部屋がノックされた。

「はーい」

扉を開けると、イルさんとミミリーちゃん、さらに後ろに女の人が二人立っていた。

「こんばんはティーゴさん！　フェンリル様」

「こんばんはイルさん、ミミリーちゃん。どうぞ中に入ってください」

俺は真ん中にある一番広い部屋に案内する。

「こんな豪華な部屋に泊まれるなんて……イルさん、ありがとうございます！」

「いえいえ……命の恩人ですからね、ティーゴさんは。これくらいではまだ全く足りないですよ！」

もう十分過ぎます！　……って言おうと思ったが、話が終わらなくなりそうなのでやめておく。

「ティーゴ様、失礼いたします！　こちらをどうぞ」

二人の女の人が美味しそうな料理を目の前の大きなテーブルにどんどん並べて行く。

「ティーゴさんの料理には敵いませんが、シェフが腕によりをかけて作りました。お口に合えば良いのですが……」

豪華な肉や魚料理が、大きなテーブルを埋め尽くすように並んでいた。

『これは中々良いのう……どれも美味そうじゃ！　甘味の後は飯だの！　アグアグ……ほう！　これは中々美味いのじゃ！』

銀太が尻尾を振りながら美味しそうに頬張る。

「フェンリル様は美味しそうに食べますね」

「ええ、いつも美味い美味いって食べてくれるから、作り甲斐があります」

「ティーゴさんの料理は美味しいです！　旅で作ってくれたスープはどのスープよりも美味しい！」

ミミリーちゃんが会話に入ってきた。

「ティーゴさんとフェンリル様は、この街でもまた大活躍だったんですよね？」

「えっ？　何で知って……！」

「今この街は、フェンリル様の話題でもちきりですわよ？　みんながフェンリル様のことを神様って呼んでましたけど……」

「そうそう！　私の友人も助けていただいたみたいで、ありがとうございます！」

イルさんがそう言ってお辞儀をする。

「教会でのことって……そんなに広まってるんですか？」

「凄い騒ぎですよ！　フェンリル様の銅像を立てようと話をしている者もいましたね」

「だって聞いた話だと！　助からない人達まで一瞬で治したって聞きましたわ!!　本当ですか？」

ミミリーちゃんが目を丸くし、興奮気味に話す。

「うん。本当だよ！　俺もびっくりしたよ……」

「「さすがフェンリル様ですね」」

『我は凄いのだ！　フンスッ』

銀太は少しふんぞり返り、チラリとこちらを見る。口の周りに何かいっぱい付いてるぞ。後でシャンプーだな。

イルさんが話を続ける。

「実はティーゴさんにお願いがありまして。もしワイバーンやサーペントをフェンリル様が倒された時は、ぜひ我が商会に売って欲しいのです！」

「全部Aランクの魔獣じゃないですか！　たまにSランクのワイバーンもいるくらい強い魔獣達ですよ」

「そうです！　強いから大体がギルドの方に商品が行き、そこから我々はオークションで入手するのですが、沢山となると中々難しくて……もし！　倒した時は連絡をお願いします！　何処にいても飛んで行きます！」

そんなに必要なら、銀太が倒せるなら頼んでみるか。

「銀太？　ワイバーンとか倒せるか？」

『うむ。チョロいのだ！　あれの肉は美味いからの！　ようし！　また取ってこよう！』

そうか、ワイバーンはチョロいのか。俺はワイバーンの肉なんて高級品、見たことさえないよ……。

そうだ！　折角だから、この前アウルベアから貰った魔石がいくらになるのか、イルさんに見てもらおう。俺は袋から小さめの魔石を五つテーブルに出してみた。

「この魔石っていくらで買い取ってもらえるんですか？」

「ほう……！　これは小さいが純度が素晴らしい！　この魔石なら一つ金貨十〜十五枚ですかね？」

これ一つで金貨十五枚!?　そんなに高いのか？

「じゃあ、これより大きいと金額も高く？」

「もちろん！　この純度で大きさが二倍になれば、金貨百枚以上しますね」

「きっ金貨百枚!!」

ヤバイ……！　二倍どころか十倍くらいの魔石も袋に入ってるぞ。俺はとんでもない物を貰ったんじゃ……。ありがとうアウルベア。また絶対にパイを持って行くからな！

「ではまた良い報告を待ってます！」

「また遊びに来ますわ！」

そうしてイルさん達は帰って行った。

「ようし！　銀太。明日は朝から森に行くし、お風呂に入って早めに寝るぞー」

そして、予想通りというか、やっぱりここの風呂は豪華だった。巨大な浴室に驚いた俺達は、明日も朝風呂をすることに決めたのだった。

★★★

「うう～ん……朝か……」

ベッドがふかふかで、緊張して中々寝れなかったな。貧乏性が抜けない。

ファサッ……と何かが俺の腹に被さっている。スバルが寝てる……？　いつの間に帰ってきたんだろ？　広いベッドなのにわざわざ俺の腹の上で寝るとは……可愛いじゃねーか。

銀太も俺にくっついて寝ている。

くそう……聖獣達が可愛過ぎて辛い。

俺達は、大人が数人は余裕で一緒に寝られそうなベッドの、端っこに固まっていた。

ん？　あれ……？　卵も一緒に寝てたっけ？　踏んだら嫌だから、ソファに置いた気がするんだけどな……？　まぁ……寝ぼけて抱っこしちゃったのかな。

スバルをそっと銀太の横に下ろして、俺は風呂に向かう。


チャプン……。

「はぁ……朝風呂……何て贅沢なんだ。最高に気持ちいい」

しかもこのお風呂の窓からは、森の景色が良い感じに見られて爽快感も抜群だ。

『主！　我も入るのだ！』

そう言って銀太が湯船に飛び込んできた！

「わっ！　ぷ！」

バシャーンと水飛沫《みずしぶき》が頭からかかる。

『おお！　これは温泉じゃねーか！』

今度はスバルが飛んできた！　……が、スバルは顔にかからないようにそっと入った。気持ち良さそうにしている。顔が濡れるのは嫌な癖に、湯船に入るのは好きなんだな。

俺達はスバルの話を聞きながら湯船に浸かる。

『それでさあ？　ティーゴのリコリパイが大絶賛でよ？　みんな美味い美味いって食べてた』

「本当？　良かった。また作るからな！」

『一号、二号、三号達がな？　ティーゴの旦那に会いたいって言ってってよ？　今度連れて行くからな！　その時もパイを頼むよ！』

「分かったよ。森の探索が落ち着いたら会いに行こうか」

『むぅ！　我も一緒に行くのだ！』

「もちろんみんなで行こうな」

コロン……！

えっ!?　風呂場の入り口に卵が転がっている。

「銀太？　卵、ベッドから下ろした？」

『我は分からぬ……』

卵が茹《ゆだ》っても怖いし、俺は慌てて風魔法で体を乾かし、卵をベッドまで運んだ。

こんな所まで転がってきたのか……？　中は大丈夫なんだよな？

「あっ！　もうこんな時間だ。銀太、スバル、急いで用意しないと待ち合わせの時間を過ぎちゃう！」

『『はーい』』

またこの部屋に帰ってくるので、卵は念のためベッドに置いて、俺達はファラサールさんと待ち合わせしている森に向かう。


「お待たせしてすみません！」

ファラサールさんは先に来て俺達を待っていた。

「いやいや僕も今来たところだから気にしないで？　さぁ森に向かいましょうか！」

森に向かうと沢山の魔獣達の死骸があった。

入り口で倒れている魔獣を見て、俺は息を呑んだ……なぜなら死んでいた魔獣の色が青かったからだ。

「ファラサールさん！　この魔獣達に触らないでくださいね。これが青色病の元凶《げんきょう》です」

「なっ！　触るだけで感染《うつ》るなんて怖い病気ですね」

青い魔獣は、分かるだけで数十匹はいる。しかも近くの土や木まで青くなっている……。

このままにしておいたらまた感染者が出てしまう。

「なぁスバル、この魔獣や土はどう処分したら良いんだ？」

『あー……こんな時三号が居たらな！　アイツ、色んな聖魔法が得意だったから。銀太！　浄化魔法は使えるか？』

『うむ！　余裕なのじゃ！』

『じゃあよ！　この青い魔獣達を浄化してみてくれよ！　俺は上からキノコの胞子を振りかけていくぜ！』

銀太が浄化魔法を発動した。

『おっ！　いい感じだ！　もう一回！』

『ふむ！』

「凄い……」

真っ青だった魔獣達や土、木々が普通の色に戻った。

『よし！　俺の神眼で見てもコイツ等はもう大丈夫だ！　さぁ、魔族達の所に向かおうぜ！』

スバルが何でも知っているから、こんな時は本当に助かるなぁ。

これも主だったカスパール様の教えが良かったんだよな。

『魔族達よ！　次は逃がさぬ』

フンスッ！　と鼻息を荒くして、銀太も張り切ってるな。俺も気を引き締めないと。

16　魔族達の討伐

俺達は空から魔族達が居る洞窟に向かうことにした。歩いて行くと気配で気付かれる可能性が高い。そしてまた転移で逃げられたら困る。

前の時も空から行って逃げられたけど、スバルには何か良い案があるみたいだ。銀太と二匹で話し込んでいた。

スバルは背中に俺とファラサールさんを乗せ、さらに足で銀太を掴んで上空を飛んでいる。

キョロキョロとスバルが辺りを見回す。

『もうそろそろ……気配だと、この辺りに拠点があるはず』

少し進むと、黒く靄《もや》がかかった場所が見えてきた。

『あっあそこだな！　真っ黒い魔族の魔力が集まってる！』

この前の時と同じだ！

『なるほどな……この黒いのは魔族の結界か！』

それを見た銀太は、無駄なことと言って笑う。

『ククク、結界など我には通用せぬがな！』

『よーしっ！　一気に行くぞ！』

そう言うとスバルは銀太を離した。

銀太は颯爽《さっそう》と魔族達の中に飛び降りる。突然現れた銀太に、またも魔族達はパニックだ。

——ギャッ!?　フェンリル！　コイツはこの前の時のトリプルSだ！

——にっ、逃げ……ヤバッ!?　体が動かない！

——これは捕縛の魔法!?

『お前達はもう動けんよ！』

魔族達は体が動かないのと銀太が怖いのとで、一気に項垂《うなだ》れてしまう。

「フェンリル様。俺達に何の用が？」

『我はお前達のことなど、どうでも良い！』

「どうでもいいなら見逃してくれよ」

『イヤじゃ』

交渉が通じないのを見て、一部の魔族が小声で話し合う。

「こうなったら、転移魔法が使える奴だけでも逃げるぞ……！」

しかし、見えない壁に体が当たる。

「なっ……転移出来ない……？」

『ハハハッ、残念だったな！　転移魔法は使えないよ！　この空間にお前達を閉じ込めたからな』

空からスバルが得意げに話す。そして、俺達を連れて銀太の所に舞い降りた。

「なっ……俺達を閉じ込めただと？」

「そんな魔法、聞いたことない……」

『そりゃそうさ！　俺の主のオリジナル魔法だ。この魔法は発動に少しだけ時間がかかるからな！　銀太にお前達の相手をしてもらってたのさ！』

作戦って、そういうことだったのか。前回の反省がしっかり活かされていて、俺は感心した。

スバルの背中から降りたファラサールさんが、魔族達の前に出る。

「さあ！　ここで何をしているのか話してもらいますよ？　あなた達が青い魔獣を放ったんですね？」

「……」

「まだ他にもこんな場所があるのですか？」

「……」

「はぁーっ、黙っていたら何も進まないでしょう？」

魔族達は黙ったままだ。

『なら俺が喋るようにしてやるよ！　お喋り魔法で！』

「お喋り魔法？　それもカスパール様のオリジナルですか？」

ファラサールさんは興味津々といった感じで質問する。

『そうさ！　主はオリジナル魔法を作るのにハマっていた時があるんだよ！　色々面白い魔法も作っててさ。その一つだな』

「さすがカスパール様ですね……」

ファラサールさんが瞳を潤ませ、ウットリしている。

『もうかけてやったぜ。ほら、お前達は何で青い魔獣をけしかけたんだ？』

「……それは新しい魔王様が誕生したからだ！　魔王様に喜んでもらうために我らが考えたんだ！

あわっ……!?」

「お前、何をペラペラと……あーあ。ルクセンベルクの街を滅ぼす計画が丸潰れだよ！　あっあやっ？」

「だから!?　お前達、何を勝手に……俺達のサプライズ計画を！　はわっ……」

「おい！　……これ以上口を開いたらダメだ！　残りの二つの拠点まで喋ってしまったらどうするんだっ……あれっ？　はわっ」

ブブッ……！　カスパール様のお喋り魔法の効果は凄い……魔族が勝手に自爆している。

ファラサールさんも、聞けば全部答えてくれると分かって、話に参加する。

「ふーん……後二つこんな場所があるんだね？　何処に？」

「それは言えない！　……ここからさらに北に行った岩山の所と、ルクセンベルクのすぐ近くにある鉱山跡地に、青い魔獣が沢山潜んでるなんてよ！　あああああ……」

「なっ！　ルクセンベルクの鉱山跡地だって？　そんなすぐ近くに青い魔獣が？」

「そうだよ！　……この場所で作った青い魔獣達を、そこに全て集めて放つのさ！　一気にルクセンベルクを滅ぼすためにな!!　この前、何匹か逃げ出しやがったけどな……ぁわ……」

そうか……シシカ村を襲った青い魔獣は逃げ出した奴だったのか……！

俺もつい熱くなって魔族に聞く。

「おい！　その魔獣を放つ計画っていつだよ？」

「あーはははっ！　今日だよ！　あははは、もう手遅れだ！　今頃、街は阿鼻叫喚だろうな！　面白《おもしれ》えー、あははは」

は……っ!?　何だって？　今、街が襲われているだと？

「そんな……街を守るつもりがこんなことになるなんて！」

ショックでファラサールさんは膝から崩れ落ちる。その顔は真っ青で、血の気が引いている。俺もしっかり立っていないと今にも倒れそうだ。

そんな俺を心配した銀太が擦り寄ってきた。

『主、大丈夫だ！　今すぐ我の転移魔法で街に帰ろう！』

『そうだな、それが良い！　銀太、俺達を転移させてくれ』

『任せるのだ』

スバルと銀太が転移の準備を始める中、ファラサールさんは未だ呆然としている。

「ファラサールさん！　ボーッとしてる場合じゃないよ！　早く乗って！」

俺がファラサールさんの肩を掴み、正気に戻す。

「はっはい！」

『転移するのだ』

シュン！

「………………」

転移した俺達は言葉を失った。

銀太達でさえ驚きを隠せていない。

ルクセンベルクの街では、暴徒化した夥《おびただ》しい数の青い魔獣達が暴れ狂い、街の人達は逃げ惑っている。そんな中、冒険者達が魔獣に立ち向かっていた。

『ヤバすぎだろ』

『酷いのだ』

驚いている場合じゃない。街の人達を助けないと！

「銀太、スバル、頼むよ。街のみんなを助けよう！」

『分かったのだ！』

『よし、俺とティーゴが魔獣の退治をする。銀太とエルフは教会に行って、街の人や冒険者の傷を癒してくれ！』

「了解しました！」

『任せろ！　エルフよ、我の背中に乗れ！』

「はい！」

ダッと大きな足音を立てて、銀太達は颯爽と走って行った。

『よし、行くぞ！』

スバルが翼を広げたと思った途端、無数の雷が青い魔獣にだけ落ちる。一撃で魔獣達がどんどん倒れて行く。

「すっ凄い……俺だって頑張るぞ！」

《アクアスプラッシュ》

水の刃が複数の魔獣を斬りつける。

最近銀太から教えてもらった水魔法が、早くも役に立つ時が来た！

『やるじゃねーか、ティーゴの旦那！　ドンドン倒すぜ！』

「もちろんだ！」

攻撃に巻き込まれないよう、街の人達には避難してもらわないと。

「みなさん！　避難してください！　魔獣は俺達が倒します！」

『そうだ俺達に任せとけ！』

街の人達はスバルを見ると、安心して逃げて行く。

——あぁ……神様、ありがとうございます。

——街を助けて！

——神様、ありがとう！

昨日教会でみんなを助けたから、スバルへの信頼は絶大だ。

街の人達を背に、俺とスバルは魔獣を一掃していく。


「ティーゴさん！」

しばらく魔獣を狩り続けていたら、ファラサールさんが慌てて走ってきた。

「ファラサールさん⁉」

銀太と一緒に、街の人達を回復するために教会に行ったはずじゃ？

「はっはぁ……！　怪我人が多過ぎて教会に入りきらず、街のいたる所に……私達だけでは追いつきません」

そんな……魔獣よりも怪我人の方が多いなんて！

スバルはそれを聞いて険しい顔になった。

『クソッ、こんな時三号が居てくれたら、得意の回復魔法を頼めるのに。何で俺は転移魔法をちゃんと……そうか、ルクセンベルクにいることさえ伝えれば……あれだ、あの魔法だ！』

小声でぶつぶつと呟いていたが、スバルが何かを思いついてくれたようだ。

『使うのは久しぶりだな』

《以心伝心》

何やらそう言って、スバルは急に黙り込んでしまう。しかし、きっと今も何かをしているのだと、
俺には分かった。

数十秒の沈黙の後に、大きな変化が起こった。

『来たわよ？　どーしたって言うの？』

『本当だぜっ！』

『何の用だ？』

いきなり目の前に三人の美女が現れた！　俺とファラサールさんは驚きを隠せない。

「えっ？　スバル？　この人達は？」

『ティーゴ！　説明は後だ！　三号、このエルフについて行って街の人達を治してくれ！』

『どーしたの、スバル？　街の人を治す？　何で？？？』

三号と呼ばれた女性は、いきなりのことで事情を呑み込めていないようだ。

っていうか、三号ってことは……この三人がスバルの友達か！　てっきり魔物だと思っていたん
だが、人じゃないか！

『お願いだ！　この街を魔獣から救いたいんだ……』

スバルの必死の思いに三号さんは折れ、了承してくれた。

『……分かったわ。そこのエルフ？　案内して？』

「はい」

スバルが、今度は残った二人の美女に頼み込む。

「一号と二号は俺達と一緒に魔獣を倒してくれ！」

『はいよー』

『了解』

それからのスバル達の快進撃は凄かった……ガンガン魔獣を倒し、銀太達がみんなの怪我を治していく。まさに無双状態。俺は怪我人を教会へと運ぶ役目に徹した。

どうなるかと思ったこの大惨事も、スバルの友達の協力もあってどうにか街を守ることが出来そうだ。あらかた魔獣を片付け終わり、俺は瓦礫《がれき》の上に腰を下ろした。

「ふっふぅーっ……疲れた……はあっ」

『ティーゴの旦那？　あと一仕事残ってるぜ？』

「あっ！　キノコの胞子！」

『あれを振りかけとかないと……ルクセンベルクの人がみんな、青色病になっちまう』

「そうだった！」

俺とスバルは空から光る青いキノコの胞子をばら撒く。スバルの風魔法に乗って街中に胞子が広がっていく……。

空から見ると、金色の胞子がキラキラと街中に落ちていく様は、凄く幻想的で美しかった。

「……綺麗だな」

『ティーゴの旦那は何にでも感動するな。まぁ、言われてみると綺麗かな』

あの時キノコを多めに取っておいて本当に良かった……俺は心底そう思った。

キノコの胞子を撒きながら俺達は銀太と合流した。銀太と三号さん？の周りには人集《だか》りが出来ていて、俺達は中々近寄れない……。

みんな、泣きながら二人に感謝している。

良かった、銀太達のおかげで犠牲者が少なく済んだのだろう。

「本当に良かった……みんなが助かって……！」

人集りをどうにかかき分け、銀太の所に近付いていき、少し遠くから声をかける。

「銀太〜！　お疲れ様。ありがとう！」

俺に気付いた銀太の尻尾は、ブンブンと激しく回り出した。

『主〜、我は頑張ったのだ！　フンスッ』

銀太の奴、尻尾を振っちゃって、褒めて欲しいのが丸分かりだ。可愛いな！

ようやく銀太の側に辿り着くと、その横に立っていた三号さんと目が合い、慌ててお礼を言う。

「あの……三号さん！　街の人達を助けてくれてありがとうございます！」

『貴方がティーゴ？　フフッ……中々いい顔してるわね！』

綺麗な人にそんなことを言われると、ちょっとドキドキする……名前は変だけど……。

俺が顔を赤くしていると、ドタドタドタと、後方から激しい足音が聞こえてきた。

『スバル！　三号！　ここにいたのか！』

『一号、二号！　お疲れだ。助かったぜ！』

一号さんと二号さんが走ってきた。これで全員合流した。

「一号さん！　二号さん！　ルクセンベルクの街を救うのを手伝ってくれてありがとう！」

俺は改めてお礼を言った。

『おう！　いいってことよ！』

『そうだ！　気にするな！』

一号さん二号さん三号さん……みんないい人達だ……。

『久しぶりにこんなに魔法を使ったから疲れたわ……服もドロドロになっちゃったし。お腹すいたー』

三号さんがボヤくと、一号さん、二号さんも同調する。

『あっしも、何百年も魔法をこんなに沢山使ってねーから腹が減っちまって』

『俺もだ！　何か食べないと力が出ないな！』

さっきまで魔獣が攻めてきて危機的な状況だったというのに、開口一番に腹が減ったって……はは っ、スバルの友達って感じだな。三人とも凄い美人なのにな。

「一号さん、二号さん、三号さん。それに銀太とスバル！　みんなのおかげでルクセンベルクの街は救われた。本当にありがとう。これからみんなで俺の泊まってる部屋に帰って、慰労パーティーしないか？」

『パーティー!?　良いのう！　するのだ！　フンスッ』

銀太が嬉しさを爆発させて、尻尾回しを始める。

『やったぜ！　またあのパイ焼いてくれよ』

スバルまで喜びの舞いを始め、風が凄いことに……。

『……私達まで良いの？』

三号さんはちょっと遠慮しているみたいだ。そんな必要ないのに。

「もちろん！　パーティーの主役だよ！　一号さん、二号さん、三号さん！」

『うわーっ、パーティーなんて！　カスパール様が居た時以来だよ！』

『ヤッター！　パーティー！』

『『『パーティー、パーティー、パーティー♪』』』

良かった、喜んでくれて。

んんっ？　今、カスパール様って言わなかったか？　聞き間違いだよな……？　カスパール様は三百年も前に亡くなっているんだし、気のせいか。

「じゃあ、みんなで部屋に行こう！」

そうしてこの場を離れようとしたら、一人の少女が血相《けっそう》を変えて教会に走り込んできた。

「たっ、助けてください！　お願いします。この先の通りで、仲間が魔獣にやられて今にも死にそうなんです！　ここにはどんな傷でも治してくれる神様がいると聞いて、急いでやってきました。神様は何処にいるの？　お願いします、仲間を助けてください！」

必死の形相で神父さんに訴え、何度も土下座する少女。

神父さんはどうしていいか困ったように、俺達に視線を送り、助けを求めてくる。

はぁ……仕方ないな。

「パーティーはちょっとだけ待ってくれな？」

みんなにそう言って、俺は少女の話を聞くことにした。

「あの……仲間の方は何処にいるのですか？」

「助けていただけるのですか!?」

そう言って嬉しそうに顔を上げた少女の顔は、俺のよく知った顔だった。

「………ミナ！」

少女は、俺を囮にした元仲間、【深緑の牙】のメンバーだった。

「ティーゴ!!　ティーゴが神様なの!?　お願いします、エリックを助けて！　図々しいお願いなのはよく分かってる。後でどんな咎も私が全て受けるから、お願い！　エリックを助けて！」

泣きながら必死に縋り付いてくるミナ。

頭が真っ白になって、俺が固まってしまうと、銀太が近寄ってきた。

『主〜、どうしたのだ？』

「あ……っ銀太」

銀太はミナを見て、ダンジョンのことを思い出したようだ。

『なっ……こやつは、主を囮にして逃げた奴ではないか！』

銀太の叫び声にスバルが反応して飛んできた。

『逃げた奴って？　シシカ村にいた奴の仲間か？』

『そうじゃ！』

「ティーゴを傷つけたことは本当に反省している！　ティーゴになら何をされても私は文句を言わない。でもそれは、エリックを助けてからにしてほしい。アイツだけは助けてください！」

ミナはそう言ってまた地面に頭を擦り付けた。

ミナとエリックってこんなに仲が良かったっけ？　自分を犠牲にしてまで助けてくれなんて言う仲だったか？

コイツ等のしたことは未だに許すことは出来ないが、終わったことを永遠に嘆いていても仕方がない。こんな話を聞いて助けない方が、夢見が悪いに決まっている。

「分かったよ、エリックの所に案内してくれ」

「良いの？　ありがとう、ありがとうティーゴ！　ううっ」

ミナは泣きながらお礼を何度も言った。

『主、良いのか？　こんな奴助けなくても……』

銀太が不安げに俺を見る。本当に良い仲間に恵まれたよ。

「良いんだよ。過去のことはもう忘れた！　だって銀太がいるから俺は今幸せだもん」

そう言ってニカッと笑ってみせた。

『ふむうっ、我も主がいるから幸せなのだ！』

銀太は尻尾を振って、俺に顔を擦り寄せた。

『おっ、なんだよ。俺のこと忘れてねーか？』

「そうだったな！　スバルもいるから幸せだよ」

俺は頭に乗っていたスバルを下ろし、ギュッと抱きしめた。

『わっ、分かりゃいーんだよ！』

スバルは照れ臭そうに俺の胸に顔を埋める。


ミナの案内で走って行くと、壊れた建物の瓦礫の横で、エリックは死んだように倒れていた。その横に小さな子供と女性の姿がある。二人ともエリックを心配するように見つめている。

「大丈夫か!?」

駆け寄ると、エリックは辛《かろ》うじて息があった。まだ生きている。

「あなたがこのお兄ちゃんを助けてくれるの？　私を庇《かば》って魔獣に食べられちゃったの！　お願い助けて」

小さな女の子が涙を流し、俺の足に縋り付く。

「この人が娘を庇ったばかりに……代わりに魔獣に足を……ううっ」

女性が泣きながらエリックの足を止血している。

見ると、エリックの両足は太ももから下がなかった。左腕も肩から先が千切られている。

この状態でよく生きていられたもんだ。

「ハイポーションでどうにか止血出来たんだけど……体がどんどん青くなっていくし、お願いティーゴ！　エリックを治して！」

ミナの語気が荒くなる。その声を聞き、倒れていたエリックが喉を震わせた。

「…………ティー……ゴ……？　だと？　……ううっ」

「エッ、エリック!!」

俺の名を呼んで、エリックが必死に起き上がろうとするも、腕も足もない体では当然無理だ。

それでも薄く目を開き、必死に俺の姿を確認しようとする。

「……ああ、本当に……テ……ゴだ。……ごめっ……ん」

エリックは満足に動くことも出来ないのに、必死に頭を下げようと体を動かす。

「ちょっ!!　エリック、じっとしてろ。今すぐ元気にしてやるから！」

「……ははっ……相変わらず……ティー……ゴは優しい……な……こんな俺の……心配……してくれるのか？　お前を……囮にしたこと……ずっと……後悔……してた」

「分かったから！　エリック、もう喋るな」

「……いや……言わせて……くれ……俺はもうすぐ……死ぬ……最後に……会えて……良かった。……ミナを助けて……くれないか？　アイツも怪我を……してる……テ……ゴ……」

「分かったから！　助けるから」

「……ティ……ゴ……本当に……ごめんな……ありが……」

エリックはありがとうと言い終える前に、静かに目を閉じた。

すぐに元気にしてやるからな？　エリック、そんな簡単に死ねると思うなよ？

「銀太ー!!　リザレクションしてくれ！」

『分かったのだ』

《リザレクション》

眩い光がエリックの体を包み込み、手足が元の状態に戻って行く。

スバルが青色のキノコの胞子を、エリックや親子、それにミナにも振りかけた。

キラキラと美しい光が、俺達が居る一帯を包み込んだ。

「あっ……？　俺、何で生きて？」

目を覚ましたエリックが起き上がり、不思議そうに自分の体を見ている。

「エリックーーーー!!　良かったぁ、良かったよぉっ、ふぅぅっ」

「うわっぷ！　ちょっ、ミナ！」

「お兄ちゃん!!　よがっだー!!」

ミナと女の子がエリックに抱きついた。二人に首を思いっきり抱きしめられ、エリックは苦しそうだ。

「ティーゴ……お前が、俺を？」

「まぁ俺っていうか、コイツ等がな？」

俺は銀太とスバルをエリックに紹介する。

「ああ……あの時のフェンリル……本当にテイムしてたんだな」

『我はお主を許してはおらぬ！　主を囮にしたこと、ずっと後悔したら良いのだ！　だが我の主が治してくれと頼むから、してやっただけのこと。礼などいらぬ』

「ああっ、ありがとうございます！」

エリックとミナは涙ながらに平伏し、ずっとお礼を言っていた。

二人が落ち着いたところで、俺は切り出す。

「これは貸しだからな？　いつか返してくれよ」

「ティーゴ……」

　エリックは少し眩しそうに俺を見た。

「ところでエリック、何でお前達はルクセンベルクに居たんだ？」

「俺達は魔道具のお店を開こうと思って、旅をしていたんだ。初めは俺一人で行くつもりだったんだが、一緒に旅をしているうちにミナも手伝ってくれることになって。このルクセンベルクは途中で寄っただけだったけど、魔獣騒動に巻き込まれて……二人なら逃げることも出来たんだが、もう俺は誰かを犠牲にして、自分だけが助かろうなんてことはしたくなかった。そんな風にカッコつけて街の人達を助けようとしてたら、このザマさ。カッコ悪いよな？　でも俺は、今の自分の方が好きだ」

　エリックの顔は何処か誇らしげだ。憑《つ》き物が落ちたように見える。

「そうか……改心したんだな」

「改心というか、前の俺がおかしかったな。俺、ティーゴのことが好きだったし、憧れもあった。なのにいつからかお前を見下して……偉くなった気になってあんな態度を……はぁ、本当情けねえ」

「まぁ……もういいよ。お前達が自分達のしたことを悔い改めてくれたんなら、俺はもう気にしてない」

「ティーゴ……一生許さないって言われるかと」

「ははっ、俺をそんなに心が狭い奴と思うのか？　でもまぁ……コイツ等が仲間になってくれたってのが大きいけどな？」

横で心配そうに見つめてくる銀太を、俺はギュッと抱きしめた。

「俺は今、幸せなんだ」

「……ティーゴ」

「じゃあな？　お店を開いたら遊びに行くよ」

俺はそう言って、エリック達に軽く手を振り、その場を離れた。

「「ありがとう!!」」

何度か振り返ると、エリックとミナはずっと俺達に手を振ってくれていた。

★　★　★

エリック達の騒動も解決し、俺は教会で待たせていた一号さん達を連れ、宿へと向かっていた。

宿屋に着くと、その建物の大きさに、一号さん達が目を丸くしてびっくりしてる……その気持ち分かる。

『これって宿屋？　私が知ってる宿屋はもっと小さくてボロい……こんな豪華なのは知らない！』

三号さんが興奮気味に話す。それは俺も全く同じことを思ったよ。

『もしや？　ティーゴの兄貴はお金持ちですかい？』

『それか貴族とか？』

一号と二号が勝手に俺の身分を高くし始めた。

ヤバイ、変な誤解されてるから早く解かなきゃ……俺は金持ちでも貴族でもないからな。

「困っている人を助けたら、こんなに豪華な宿泊施設にタダで泊まらせてもらえることになったんだ。俺は田舎に住んでる普通の男だ！」

『そうか！　それはラッキーだな！』

二号さんがほぅっと感心した様子で俺を見つめる。

本当に自分でもラッキーだと思う。これも銀太のおかげだな。

「さぁ……中に入ろうよ！」

扉を開けると、コツンと音がした。

「えっ……？」

卵が部屋の扉の前まで転がってきている。何で……!?　ちゃんとベッドの上に置いたよな？

……あれ？　俺は首を傾げつつ卵を抱き、みんなを部屋に招き入れる。

「さぁ、中に入って自由に寛いで！」

ワァアー！　部屋に入るなり一号さん、二号さん、三号さんがそれぞれ感嘆の声を上げる。

『何これ！　こんな豪華なのは王城に行った時以来だわ！　素敵』

『本当にスゲェ……あっしは何処で落ち着いたら良いか分からねぇ』

『今はこんな宿屋があるのか』

この三人、見た目はよく似てるのに反応は全く違うんだな。面白いや。初めてこの部屋に入った時を思い出すな。

『主～、ご飯なのだ！　甘味も！』

『俺はこの前食べたカラアゲってやつ食べたいなぁ』

『私は何でも良いわ』

『俺は美味かったらそれで良い！』

『あっしは何でも食べますぜ！』

一号さん達、見たこともないほどの美人なお姉さん達なのに、なぜか銀太やスバルと同じに思えてきた。まぁ緊張しなくて済むから良いんだが……。

三人は顔はほとんど同じだけど、性格は全く違う。見た目で違うのは髪型だけだ。間違えないようにちゃんと覚えておかないとな。

一号さんは黒髪のショートカット、二号さんは黒髪が腰まであるロングストレート、三号さんは黒髪が肩まであるフワフワヘアで、みんな何処かに白いアクセントが入っている。一号さんは前髪、二号さんは毛先、三号さんは横髪の一部と、入っている位置もそれぞれ違う。

「お腹減ってるよな？　すぐに出来るのはパンケーキだけど、他の物も作る？」

『パンケーキ！　あれは美味いのだ！　もちろん食べる！』

『王様のパンか！　銀太？　どっちが沢山食べられるか競争だな！』


『『……王様のパン？』』


あれ？　一号さん達がキョトンと固まってる。

「一号さん達は、もしかしてパンケーキ嫌いなの？」

『や！　きききっ嫌いどころか、あっしの大好物でさぁ！』

『そそっそうだ！　俺も大好きだ！』

『私だって！　大好物よ？　……ちょっとびっくりしただけよ』

三人は少し様子がおかしいが、大好きだと言う。

「大好きなら良かった」

よーっし！　みんなの好物ならジャンジャン焼くぞー！　後でカラアゲも作って……そうだな！

リコリパイも焼こう！


ご飯をテーブルに置いたら、みんな競うようにして食べ始めた。どんな感じかというと……。

『ちょっ！　スバル食べ過ぎなのじゃ！　これは我の！』

『早いモン勝ちだー！』

『あっ！　一号！　それは俺が食べてるやつ！』

『違うよ！　これはあっしが食べてたよ！』

「みんな、まだまだあるから！　ケンカしない」

俺が仲裁に入らなきゃいけないほど騒がしかったんだ。

でも、さっきまで元気だった三号さんが急に泣き出した。

『昔はこれを食べた時も、いつも取り合いして……王様のパン美味しいよぉ……』

一号さんまで三号さんにつられて泣き出す。

『三号！　俺もだよっ……フグッ……こんなに楽しくて美味い王様のパンは、あの頃以来だよ……』

とうとう二号さんまで泣き出した。

『ああ……会いたいよー！　王様のパン美味しいよー！』

えっ？　何？　……今なんて？

「あの？　ちょっ？　みんな？　どーしたの？」

スバルに不用意にパンケーキを作ってはいけない、ってのを今思い出したけど……。これは……

一号さん達もダメなやつか!?　でも、何で？

17　一号、二号、三号

「あっ……あの……？」

一号さん、二号さん、三号さんが泣きながら美味しいと言って、パンケーキを食べている。

俺はこの状況をどうしたらいいか分からず、オロオロするばかり……。

この前、パンケーキを食べて大泣きしたスバルは、銀太と楽しそうにパンケーキを取り合いしているし。んー……分からんっ！

『もう！　俺は七枚目だ！』

『我など八枚目だ』

『何をぅ……ティーゴの旦那！　王様のパン二枚くれ！』

俺は一号さん達のことが気になり、スバルに聞く。

「スバル……なぁ……？」

『む？　パンはもうないのか？』

「やっ……違うよ。その、一号さん達は何で泣きながら食べてるの？」

『ああ……それはな？　主のことを思い出して泣いてんだよ！　俺も久しぶりに食べた時は大泣きしちゃっただろ？　それと同じだよ！』

えっ……？　主ってことは、誰かに仕えていたのか？　一号さん達は貴族の召使いとかだったのか？　こんなに泣くなんて、良いご主人だったんだな。

「そうか……なるほどな。何か悪いことしちゃったかな」

『そんな訳ねーだろ！　俺や一号達だって主のこと思い出して……嬉しいんだよ！　って、恥ずかしいだろ！　そんなこと言わせんなよっ！』

スバルが照れた様子で銀太の所に飛んで行った。可愛い奴め。

『王様のパン、おかわりなのだ！』

『バカ！　俺が先だよ！』

『ふぬぅっ……』

チーーーーンッ……!!

盛大に鼻をかむ音が部屋に響く。

『わだしも！　私もおかわりよ！　スバルに負けないわ！』

鼻をすすりながら三号さんが復活した。一号さんも『負けねぇ！』って言ってるけど、二号さんは……。

『ズビッ……グスン……』

まだ復活は遠そうだ。

この人達を見ていると、何だか、何だか……。

「あははは
っ」

何だよこの人達！　美人なのにスバルと銀太に張り合って、面白い人達だな。

『なっ？　主は何がおかしいのだ？』

「何でもないよ。おかわりドンドン焼くからなー！」


「はぁー疲れた」

ボフッ……俺はソファにダイブした。結局あの後も、ロックバードのカラアゲの取り合いが勃発して、俺は休む間もなく料理を作り続けた。一号さん達ったら、本気で聖獣とご飯を奪い合うんだもんなぁ。

みんなも好きな場所に座って、お腹をさすっている。

『はぁー幸せだわ……ご飯を食べるだけでこんなに楽しくて幸せなのは、久しぶりね』

『ああ！　本当にカスパール様が生きていた時みたいで夢のようだ……』

『あっしも幸せで……ああ、何かカスパール様を思い出す』

ふいに、一号さん達がとんでもないことを言い出した。

カスパール様を思い出す……だって!?

「ねぇ？　一号さん。何でカスパール様が出てくるの？」

『何でって……？　あっし達の主だから！』

「あああああ……？　主だってぇ!?」

俺はびっくりして、思わずソファから飛び起きる。

『ティーゴの旦那？　何、急にデカイ声出してんだよ？』

スバルが怪訝そうな顔で俺を見る。

「だだっ、だって……一号さん達がカスパール様を主って言うから」

『ん？　そうだよ！　一号達は俺と同じでカスパール様に使役《テイム》してもらったからな！』

「ええー！　テイムってことは……!?」

『俺達と同じ聖獣だよ！』

人族の綺麗なお姉さんだと思ってた……。

『ん？　あれ？　言ってなかったか？』

「言ってないよ！」

スバルの衝撃発言で寿命が縮むかと思った。どうりで銀太達と同じ感じがするはずだ。

しかし、何で俺の周りにはこんなに聖獣ばかりが集まってくるんだ！

一号さん達の種族は聖獣だとして、どんな姿をしているんだ？

「あのさ、今は綺麗なお姉さんの姿してるけど、三人は本当は何の聖獣なんだ？」

『えっ？　私？』

『主～？　鑑定出来るんだから自分で鑑定してみたら？』

銀太にそんなことも気付かないの？　とジト目で見られる。

「あっ！　そうか」

俺は鑑定で一号さん達を見てみた。

《鑑定》

【聖獣ケルベロス】
名前　一号
種族　聖獣
ランク　S
レベル　566
体力　65900
攻撃力　66750
魔力　36490
幸運　4390
スキル　炎属性　雷属性　メタモルフォーゼ
ケルベロスの分離体

【聖獣ケルベロス】
名前　二号
種族　聖獣
ランク　S
レベル　566
体力　61504
攻撃力　36580
魔力　58640
幸運　4390
スキル　土属性　無属性　風属性　メタモルフォーゼ
ケルベロスの分離体

【聖獣ケルベロス】
名前　三号
種族　聖獣
ランク　S
レベル　566

体力　56904
攻撃力　32690
魔力　61540
幸運　4390
スキル　光属性　闇属性　水属性　メタモルフォーゼ
ケルベロスの分離体

何だこの数値は……銀太やスバルには劣るけど、凄い強さだ。

ケルベロスって、確か顔が三つある魔獣だよな。でも、だとしたら変だな。

「ケルベロスってこんなに強いのか？　俺の勉強した知識より桁違いに強いんだけど」

『そりゃ当たり前だぜ！　一号二号三号はみんな、女神様から加護を貰ってるからな！』

「かっ、加護だって!?」

『そうよ！　私は光の女神アグライア様の加護をいただいたわ』

『あっしは炎の女神アグニ様の加護を貰った』

『俺は大地の女神タレイア様の加護をいただいた』

えーっと……一号さんが炎の女神様で、二号さんが大地の女神様、三号さんが光の女神様の加護……っと。

何これ？　いくら聖獣とはいえ、こんなに加護持ちばっかり集まることってあるか？

「神様の加護ってそんな簡単に貰えるもんなのか？」

『何言ってんだよ、ティーゴの旦那？　そんな訳ないだろ。かなり希少だよ！　特別さ！』

じゃあ何で、今俺の周りに居る奴等が全員聖獣で！　しかも女神様の加護持ちなんだよ！

あり得ないだろ……ああ、頭がパニックになりそうだ。

『まぁ……私達は自分の手柄というよりは、カスパール様のおかげよね』

『ああそうだな。俺達はカスパール様が貰うはずだった加護を貰ったんだよ！』

『カスパール様が「加護なんていらん」って聞かないからさ……女神様も困ってしまい、結局あっし等が変わりに貰ったんす』

何その凄い話……大賢者カスパール様は女神様までも困らせるのか。凄すぎる！

『それにカスパール様の修業も大変だったからな！　大分鍛えられたよ！』

「なるほどね！　だからSランクなんだね」

その強さにも納得だよ、と思って頷いていると、スバルが口を挟んだ。

『んっ？　違うぞ、一号達もSSSランクだぞ？　鑑定だとそれは分からないのか。ケルベロス達は本来なら一体だからな？　それを三体に分離してるんだよ、コイツ等は。だから元の姿に戻ったらSSSランクなんだぜ』

つまり、今は力が三分の一になっているから、Sランクってことね。

「何でわざわざ三人になったの？」

『それはね。スバルが赤子の時に色々とあってね……私達が悪かったんだけど……』


三号さんが話してくれた話は凄まじい内容だった。

遥か昔のこと。ケルベロスはグリフォンに嫌がらせをしようと、赤ちゃんのスバルを誘拐してスバルの親を誘い出した。

スバルを人質にして、グリフォンを好き放題していたところに、カスパール様が現れてコテンパンにされた。

その後、なぜかスバルを一緒に育てることとなり、ケロベロスの姿だと攫われた時のことを思い出してスバルが怖がるからと、カスパール様がケルベロスを人の姿に変えた。そうしてカスパール様と一緒に過ごす内に、ケルベロスの三人も心を入れ替えたという。

三人はいつでも本来の姿に戻れるんだけど、長い年月、個々での生活をし過ぎたせいで、そちらに慣れてしまった。今はもう元の姿に戻るつもりはないんだとか。

なるほどなぁ……。色々あったんだな。

「スバルとの出会いは最悪だったんだな。でも今はこんなにも仲良くなれて良かったな！　それはみんなが元々良い奴だったからだよ」

三人は神妙な顔で俺を見つめている。

『……ティーゴ……ありがとう』
『嬉しいよ。ティーゴ、ありがとうな！』
『ティーゴの兄貴……ありがとう』
大したことを言ってないのにそんな感動した目で見られると、照れる！
俺は照れ隠しに話を変えた。
「みんな、体も汚れただろ？　お風呂でスッキリ洗い流そう！」
『ヤッター！　我はあの湯船というヤツが気に入ったのじゃ！』
『あんな広い風呂が付いてるなんて、ここは最高だぜ！』
銀太とスバルがはしゃいでいる。
『えっ？　広いお風呂？　何それ！』
三号さんがお風呂に食い付いた。
『三号ここだよ！　見てみろよ！』
スバルが得意げにお風呂場へ案内する。三人は呆然と豪華な浴室を眺めていた。
『……何これ!?　広すぎるっ、最高じゃない！　温泉みたいだわ！』
『スゲエ……』
『部屋に温泉がついてるのか……』
一号さん達も気に入ってくれたみたいだな！

『主～？　体を洗って欲しいのだ！　今日は汚れたからの！』

銀太はもうお風呂の洗い場に飛び込んで、尻尾を左右に振りながら俺を呼ぶ。

自分が一番に入りたいんだな、銀太のやつ……可愛い奴め！

「分かったよ！　ピッカピカにしてやるからな！」

水魔法で銀太を軽く濡らして、後は泡立てながらマッサージしていく。

『……そこじゃ！　もっと強くじゃ……そう……ほう……』

よし！　綺麗に洗えたたな。水魔法で洗い流して……っと仕上げは後だな。

「よし銀太！　湯船に入って良いぞ！」

ザッブンッ!!　銀太が湯船に飛び込んだ。思いっきりお湯が体にかかる。

「わっぷ！」

『……はふ……いいのう……』

その一部始終を見ていた一号さん達が俺に詰め寄ってきた。

『ティーゴ！　私も洗ってー！』

『兄貴！　あっしも！』

『いや俺が先だ！』

「ちょっ!?」

一号さん達、素っ裸じゃないか!?

あわわわわっ……！　これじゃあ目が開けられない！

「ちょっと待って！　ケルベロス達はその姿だったら、俺は絶対洗わないぞ!?　自分で洗ってくれ！」

俺は目を閉じて必死に訴える。

『えー……？　そうなの？』

『じゃあ……えーっと？』

ボンッ、と何かが弾ける音がした。

『ティーゴ！　洗ってくれ！』

小さな黒犬に変わった二号さんが、尻尾を振りながら俺の所に走ってきた。

『あっ！　その手があったか！』

ボンッボンッ……!!　さらに一号さんと三号さんも黒犬になって走ってきた。

はわわっ、何だこの可愛い三つ子は！

『ちょっと待て！　俺が先！』

スバルまで参戦し、洗い場はハチャメチャだ。

「ちょっと待って！　みんな落ち着いて！　順番に洗うからさ！」

コツン……！

「ん？」

俺の足元にはなぜかあの卵が転がっている。なっ……何でまた卵が洗い場にあるんだ？　ソファに置いておいたはず……？　俺は慌てて風魔法で体を乾かし、卵を抱えて移動する。

とりあえず卵をソファに戻して……っと。

ついでに洗う順番を決めるくじをサササッと作り、風呂場に戻る。

「ようし！　みんな順番に洗ってやるからな。このくじ引きで順番を決めてくれ」

みんながソワソワしながらくじを引く。その姿を銀太は湯船から気持ち良さそうに見ていた。

『クソッ、何で俺が最後なんだよ……』

スバルがしょげている一方で、一号さん達ははしゃいでいた。

『わーい！　私が一番よ！』

『次は俺！』

『三番目か……まぁ最後よりはマシっすね？』

『くそう……』

俺はシャンプーを泡立てて、みんなの体を順番に洗ってやる。

『これは……ふぅ……気持ち良いわ……』

『ああっ、そこだ！　もっと強く……ふう……』

『良いっすねっ……はわ……』

一号さん達を洗い終えるとスバルが飛んできた。

『やっと俺だー！　……おお……』

ふうー……やっと全員洗い終わった。

さすがにこんなに居ると、洗い終えるのに時間がかかるな。

みんなさっぱりして気持ち良いのか、ウットリと湯船に浸かってる。さぁ！　俺も入るぞ！

「はぁ……最高だな」

『だな！　主と入る湯船は格別だ』

コロコロ……コツン、とまた音が。

なっ!?　また卵がっ、勝手に……これは自分で転がってきてるのか？

『主～、どうやらあの卵も一緒に湯船に入りたいみたいだの』

「銀太、卵と話せるのか？」

『話せぬけど……何となく気持ちが伝わってくるのだ』

「いやでも!?　卵を湯船に入れて……茹って温泉卵になったらどーするんだよ」

『それも大丈夫みたいだぞ……？』

「スバル、本当か？」

『だよなぁ……卵？』

すると卵がそうだと言わんばかりにプルプル揺れる。

マジか……俺達の言ってることを理解してるのか？

俺は卵を軽く洗って、抱きながら一緒に湯船に浸かる。何だろう……俺でも分かるくらい、卵が嬉しそうなのが伝わってくる。卵と風呂に入るとか、初めての経験だよ。

この後俺達は、みんなで仲良く風呂を堪能した。

18 神様騒動

魔獣騒動から一夜明けた、翌朝のこと。

一号さん達も含めてみんなでギュウギュウになって眠っていた俺は、騒音で目を覚ました。

「んっ……？　もう朝か!?」

窓の外がザワザワしている。俺はみんなを起こさないようにソーッとベッドから降りると、窓から外の様子を覗いてみる。

「なっ！　何だ？」

『……ふむ……主？』

『……んーっ？』

銀太とスバルが俺の声に反応する。

ヤバっ、びっくりして叫んでた！

「ゴメンよ……起こしちゃったな。外に物凄い人が集まっていて、びっくりしちゃって」

リンリン♪　リンリン♪

リンリン♪　リンリン♪

ん？　今度は呼び出しの魔道具が鳴っている。

「おはようございます、イルです。朝早くからすみません！　誠に申し訳ないんですが。今からお部屋に伺ってもよろしいでしょうか？」

イルさんが物凄く慌てているので俺は即答した。

「もちろん大丈夫です」

「ありがとうございます！　すぐに向かいます」


数分も経たないうちにやってきたイルさんが、何やら申し訳なさそうにこちらを見る。

「実は、ティーゴ様達がこの施設に宿泊されていることが、街の人達にバレてしまい……」

「えっ……もしかして外に集まってる人達？」

「そうです。みんな御礼の品だと色々持ち寄って、ティーゴ様達に会わせて欲しいと……まだどんどん増えています……」

あの人集りは俺達に用があったのか……！

「じゃあ？　俺達はどうしたらいいの？」

「お疲れのところ大変申し訳ないのですが、一度下に降りて、街の人達に顔を見せてもらえると落ち着くと思うのですが……」

こんなに人が集まってたら、さすがに施設にも迷惑がかかるよな。

「分かりました！」

返事をし、俺はみんなの方を見た。

『我は主が良いならいい』

『俺も文句ねーよ！』

『私もよ！』

『あっしもさあ！』

『俺もだ！』

「よしっ！　朝食を食べたら行くか！」

俺達は宿が用意してくれた朝食を食べ、街の人達の前に立つことにした。

ケルベロス達には人の姿に戻ってもらった。黒犬の方が可愛いから、俺はそっちの方が良いんだけど……。


さて、宿の入り口前には多くの人達が居た。

「これは凄いな……」

俺達の姿に気付いたのか、街の人達がさらに騒がしくなってきた。

――神様！

――神様だー、神様！

――か、み、さ、ま！

おいおい、みんな神様としか言ってない！　勘違いが酷い。俺はこのまま出て行くのが不安になってきた……。

緊張のあまり口が無性に乾き、生唾を呑む。

ガラス張りの施設玄関から見える人達の数は、上から見た時の二倍に増えていた。

「イルさん！　この人達全員が御礼に来てるの⁉」

「はい。御礼ですので、ティーゴさん達にご迷惑になるようなことは絶対にしないと思うのですが……」

俺は意を決して扉を開け、集まっている人達の前に出る。

その瞬間、大歓声が空気を震わせた。みんな口々に「ありがとう」「神様」と叫んでいる。

凄いな……俺は自分が出せる精一杯の声を張り上げ、大きな声で歓声に応える。

「みなさん！　集まってくれてありがとう！　俺達はその気持ちだけで嬉しいです！」

すると、一人の男性が駆け寄ってきた。

「神様！　これをどうぞ！　美味しいと喜んでいただきました大福です！」

大福屋の店主さん達が大量の大福を差し出してくる。

『おお！　これは大福じゃ！　甘味は大歓迎じゃの！』

銀太が尻尾をブンブン回して喜んでいる。

それを見た街の人達がざわつく。

——神様は甘味をご所望か！

——何と甘味！

——甘味を持ってくれれば良かった……。

大福屋の店主達は銀太達に喜ばれ、ウットリと頬をピンクに染めている。

そしてまた一人、俺達の所にやってきた。

「神様！　私の娘達を助けていただきありがとうございます！　私は菓子店の店主です。是非こちらのケーキをどうぞ……」

『おおっ！　これは神々の悪戯！　チョコケーキじゃねーか！　ありがとうな！』

「はうっ！　神様がありがとうって……」

ケーキ屋の店主達は嬉しさのあまり倒れそうだ。

「神様！　夫と娘を助けていただきありがとうございます！　私達はフルーツ店を経営しております。店にあるフルーツ全て持ってまいりました！」

目の前には色んなフルーツが沢山並ぶ。これには俺が大興奮！

「うわぁ！　ありがとうございます！　俺、フルーツ大好きなんです！」

「くぅっ、眩しい……神様の笑顔が眩し過ぎる……」

フルーツ店の店主達はフラフラした足取りで、何かブツブツ呟きながら去って行った……。

街の人達は、店主達を羨ましそうに見つめている。

そして、その事件は起こった。

「甘味だ！　新しい甘味を探しに行くぞ！」「甘味を沢山集めるんだ」「ありったけの甘味をっ！」

「急げ！　他の奴等に負けるな！」「フルーツもだ！」

街の人達は神様は「甘味」をご所望だと勘違いし、甘味を探しに散り散りに去って行った……。

「……何これ……」

銀太やスバル達は、供えられた沢山の甘味に大興奮だが、俺はこの後のことを考えて頭が痛くなってきた。

「とりあえず部屋に戻るか……」

俺達はイルさんと部屋に戻り、今後の作戦を立てることにした。


この神様騒動がしばらく続くと予想した俺は、ある提案をした。

「イルさん。俺達はこの街を出ます！」

「えっ……!?　もう出てしまわれるのですか？」

「このままだと騒ぎがどんどん大きくなるし……この施設に泊まっている人達にも迷惑をかけるこ

とになる」

俺は銀太達を見た。

『我は主と一緒なら何処でも良い』

『俺もだぜ！』

「ということで、違う街に行こうと思います！」

「そうですか……仕方ないですよね。次はどの街に？」

そうだ……次の行き先を決めてなかったな。

俺は地図を開いて次の目的地を探す。

このルクセンベルクから近いのは、西にあるブラーヌ村か、北にある港町ニューバウンか。

港街……良いな！　よしっ、次はニューバウンに行こう。

「ルクセンベルクから北にある街、ニューバウンに行こうと思います」

「おおっ！　ニューバウンですかっ。あの街は魚介類《ぎょかいるい》が美味しいですよ！」

「魚介類！　楽しみだな……」

「あの……？　それでこの後に届く甘味はどうしたらいいですか？」

「それはイルさんが神様に届けますと言って預かってください。その後、孤児院や教会などに寄付してもらえますか？　俺達はもう十分貰ったから」

「ティーゴさん……分かりました！　後のことはお任せくださいね！」

イルさんはドンッと自分の胸を叩く。

「イルさん、ありがとうございます」

『どうするのだ？　主』

話が終わったのを見計って、銀太が声をかけてきた。

「今から出発の準備をする。銀太には、この街の西の門の外にみんなを転移させて欲しい」

『分かったのだ！』

さぁ急いで準備して……ん？　卵はすでにリュックに入っていた。

後はアイテムボックスに全て入ってるから……大して準備する必要はなかったな。

「じゃあ街の外に出るか！　銀太、頼むね！」

『分かったのだ』

「イルさん！　後はよろしくお願いします！」

「任せてください！　私も後からニューバウンに向かいます！」

「さよなら！　ニューバウンで会いましょう」

手を振るイルさんの姿が一瞬で消え、俺達は街の外に転移した。

「この街ともお別れか……」

短い滞在だったけど、濃い時間だったなぁ。

俺達はルクセンベルクの街を少しの間、離れた所で見ていた。街でのことを思い出しながら。

この後……ルクセンベルクの神様騒動は収まることを知らず。

俺達の知らない所で色々な神様グッズが発売されるのである。

後にそのことを知るのだが、それはまた別のお話で……。

★★★

「よしっ！　北の港街ニューバウンに行くか！」

俺はルクセンベルクに背を向けて歩き出した。しかし、数歩歩いた所で立ち止まる。

「……ゴ君！　ティーゴ君！」

誰かの呼ぶ声が聞こえ、後ろを振り向くと、街から走ってくる人影が見える。

ん……？　あれは……!?

「ファラサールさん！」

「間に合って良かった……はぁっ、イルさんから旅立ったって話を聞いてね、とんで来たんですよ！」

「急に決めたので、ちゃんと挨拶出来なくてすみません」

「良いんですよ、それは！　あんな騒ぎになったら仕方ありません。ティーゴ君！　銀太様。スバル様。一号様、二号様、三号様！　ルクセンベルクの街を救ってくれてありがとうございました！

ティーゴ君達が居なかったら、街は魔族の思う壺になっていた」

ファラサールさんは頭を深々と下げた。

「そんな……ファラサールさんも一緒に頑張った同志ですよ！」

「ティーゴ君……少し寂しいけど神様騒動が落ち着いたら、またルクセンベルクに遊びに来てください ね！」

「もちろんです！」

「あっそうそう！　ニューバウンのギルドマスターには連絡を入れとくから、着いたら行ってみてください！」

「はい！」

俺達はファラサールさんに見送られ、今度こそルクセンベルクの街を後にした。ファラサールさんは俺達の姿が見えなくなるまで、ずっと手を振ってくれていた。


さぁ……今日は久々に野宿かな。

そういえば、一号さん達——もう一号でいいや——はこの後どーするんだ？　家に帰るのか？ 聞いてみないとな。

「一号、二号、三号、ルクセンベルクではありがとうな！　俺達はこのまま街道を歩いて、北の港街に行くつもりだ。お前達はどうするんだ？　家に帰るのか？」

『えっ……家⁉　あっ？　そっそうねっ……暇だし？　私もついて行こうかな？』
三号がついて行くと言い出した。
『あっしも暇だしなぁ……？　ついて行くか！』
『俺もすることなかったな……？　ニューバウンに行くか！』
結局全員がついて来るという。
『おっ？　お前等も来んのかよ！』
『いーでしょ！　別に！』
スバルがそう言うと、三号が噛みつく。
「あはははっ！　じゃあ！　みんなで行くか！」
まだまだ賑やかな旅は続きそうだな！
俺達は北に向かって歩き出した。

19　神眼

旅を再開して数時間。肉料理と温かいスープで満腹となった俺達は、森の開けたところで休憩していた。五匹もいるとさすがに消費が激しく、あっという間に皿が空になってしまった。

スバルが俺の所に飛んできて、膝の上に座る。

『あのさぁ……ティーゴの旦那？』

「ん？　どーしたんだ。スバル？」

スバルは翼をモジモジと擦り合わせ、何か言いたそうだ……。

「ふふっ、何だよ？」

『あのよ！　俺もテイムしてくんねーか？　俺もティーゴにテイムされたいんだよ！』

「えっ？」

『何だと？　スバルも主が気に入ったのか？』

銀太はびっくりしてスバルを見る。

『……そうだよ』

『そうか！　主は最高じゃからの』

銀太はスバルが俺を気に入ったと知り、尻尾をブンブン回す。

俺も驚いていた。カスパール様の後が俺って……本当に良いのか？

「スバル……？　俺はその気持ち凄く嬉しいよ。でも本当に俺で良いのか？」

『おう！　ティーゴが良いんだ！　何回も言わせんなよ！』

スバルは照れ臭そうに言ってソッポを向いた。

その仕草が可愛過ぎて俺はスバルを抱きしめた。

「ありがとうなスバル。俺、嬉しいよ！　じゃあ……行くぞ！　テイムするよ？」

《テイム》

眩い光が俺達を包み、俺の中に温かい何かが入ってくる。

『さぁティーゴ！　俺に名前をつけてくれ！』

「スバルだ！」

『えっ……スバル？　前のまんま……いいのか？』

「何言ってんだよ。スバルはスバルだよ、それ以外ないよ！　大好きなカスパール様から貰った最高の名前だろ？」

そう言ったらスバルが泣き出した。

『……うっ……うぐっ……俺……ティーゴにテイムしてもらうのに……カスパール様から貰った名前が変わるのはイヤだって思ってて……すんっ、でも……こんなことティーゴに言うのはダメって我慢してて……うっ、俺……ティーゴなら名前を変えられても良いって思い込もうとした。でも本当は嫌だったんだ……ティーゴありがとう……うっうう』

スバル……そんなことまで考えて悩んでくれてたのか、ありがとうな。

「今日からお前の主は二人だな。カスパール様と俺だ！　頼りにならないかもしれないがよろしくな？」

『ティーゴの旦那ぁぁぁ、うわあーーんっ』

子供みたいに泣きじゃくるスバルを、俺は抱きしめ、頭を撫でてやる。
『うっうう……スバル良かったわね……』
気付けば一号達まで泣いていた。
『あっしもテイムして欲しい！　ううっ……』
『うっ……うぐっ俺も……』
『……う……私もテイムしてよ』
『えっ……何言ってんだ？　お前等！』
スバルはびっくりし過ぎて涙が引っ込んだみたいだ。俺もだけど！
本当に……‼　三人とも、泣きながら何言い出してんの？
「ちょっ……なっ！　冷静に、冷静にな？」
そう言いながら俺も大分パニクッてるが……。
『何よ！　私達は冷静よ！　うぅ……私が嫌だって言うの？　……すんっ』
泣きながら三号がアピールしてくる。
「三号のこと、嫌じゃないよ！　大好きだよ！」
『え……⁉　ティーゴ……！』
三号がウルウルした目で見つめてくる……。
『じゃあ……テイムして』

うーん、弱ったなぁ……と思って三号を見ていると、急に半透明の板で視界が埋め尽くされた。

ん？　何これ⁉　みんなのステータスが勝手に⁉

「うわっ⁉　何だこれ」

みんなだけじゃない、周りの木や草……全ての情報が勝手に見える……！

『ティーゴの旦那？　どーした？　急に大きな声出して？』

「スバル……いきなり周りのステータスが⁉」

『ああ！　それか。俺をテイムしたからだよ！　俺のスキルが使えるようになったんだ！　それが神眼だ！』

これが神眼……！

「んっ？」

スバルを見つめると、ステータスが表示された。

【聖獣グリフォン】
名前　スバル（昴）
種族　聖獣
ランク　ＳＳＳ
年齢　５５０

性別　ナシ
レベル　615
体力　86137
攻撃力　85750
魔力　71930
幸運　6314
スキル　全属性魔法　メタモルフォーゼ　神眼
加護　風の女神リッシェル
主　ティーゴ（前主カスパールと同じくらい大好き）

「スバル……？　ステータスが見えてるんだけど……」
何処からつっこんだらいいんだ？
ステータスに「大好き」って何だよ！　嬉しいけど……。
『全ての情報が分かるだろ？　使いこなせばもっと細かく出てくるぜ？』
この情報より細かく？
『ちょっと！　ティーゴ！　私のテイムは？』
話の途中で遮られた三号がやや怒り気味だ。

そちらに目を向けると……。

「あわっ、三号のステータスが……！」

【聖獣ケルベロス】

名前　奏《かなで》（三号）

種族　聖獣

ランク　S～SSS

年齢　1100

性別　ナシ

レベル　566

体力　56904

攻撃力　32690

魔力　61540

幸運　4390

スキル　光属性　闇属性　水属性　メタモルフォーゼ

加護　光の女神アグライア

主　ナシ（前主カスパール）

ケルベロスの分離体
ティーゴにテイムされたがっている。

俺にテイムされたがってるって……⁉　本気だったのか。

しかし、見ただけでこんな情報まで分かるのか！　神眼って凄い。

『ティーゴ？　どーしたの？』

「この名前のところにある【奏】って何？」

『ああ！　神眼だから分かるのね！　カスパール様が私をテイムする時に付けてくれた名前よ！　素敵でしょ？』

「ええ⁉　名前って三号じゃないの？」

『ぷっ、それは愛称よ！』

そうだったのか……！　カスパール様……変なネーミングセンスとか思ってすみません。

「カッコいい名前があるのに何で使わないの？」

『うーん……？　三号って呼ばれるのに慣れちゃったし。【奏】はカスパール様だけがたまに呼んでくれる特別な名前だから……ね？　あっ、ティーゴは特別に奏って呼んでも良いわよ？　ウフフ』

ってことは……？　一号と二号にもまともな名前があるんだよな？

俺は二人の名前の欄に目を凝らす。

【聖獣ケルベロス】名前　暁《あかつき》（一号）
【聖獣ケルベロス】名前　樹《いつき》（二号）

「やっぱり！　二号と三号も名前がある！」

『あっしには【暁】って名前があるっす』

『俺は【樹】だ。どちらもカスパール様が名付けてくれたからな！　二つとも大切さ！』

「暁、樹、奏……良い名前だな！」

二人のステータスにも、俺にテイムされたいって書いてあって……何だよ！　お前等可愛いな！

これはテイムしない訳にはいかないよな。

こんな俺を選んでくれてありがとう。一号、二号、三号。嬉しいよ！

「ようしみんな！　テイムするよ！　良い？」

『もちろんよ！』

『良いに決まってるっすよ』

『もちろんだ！』

《テイム》

眩い光が俺達を包み、そしてスバルの時と同様に、俺の中は温かく満たされていく……。

『さぁ！　ティーゴ。名前をつけて！』

「お前達の名前は……」

「一号は暁、二号は樹、三号は奏だ！」

『『『！！！』』』

スバルの時と同じだ。俺に、カスパール様との大事な名前を上書きするなんて出来ない。

『ティーゴォ……カスパール様の名前を残してくれて、ありがとう』

『うわぁぁーんっ』

三人がまとめて俺に抱きついてきた。

『あっし……あっしは……うぐっ』

『カスパール様との思い出を残してくれてありがとう……グスッ』

『良がったなぁ……いちごっ、にごっ、さんぐっ、うわぁぁーんっ』

オワッッ！　スバルまで抱きついてきた！　そして銀太まで……すり寄ってきた。

『みんな良かったのだー！　うぐっうう……』

聖獣達が大泣きだ……俺はギュウギュウに抱きつかれて苦しい……。

「ちょっ……ちょっと……ぐるじっ……」

『あわっ、ティーゴの旦那！　みんな、離れろ！』

スバルが呼びかけて、銀太達が一斉に距離を取る。

はっはぁっ……!!　危うく聖獣達に圧迫死させられるところだった……！

『ごめーん……ティーゴ』

『すまねぇっ』

みんながシューン……って耳を寝かせて反省してる。スバルなんて、耳がないのにそんな風に見える。

「次からは加減してくれよ？」

『『『ティーゴ！』』』

あわっ!?　また抱きついてきた！

「ぐるじ……っ」


そんなことを何度か繰り返した後。やっと落ち着いたので、俺は他にも気になってるところを聖獣達に聞いてみる。

「性別のところの【ナシ】って何だ？」

『聖獣になったら性別がなくなるのさっ！　聖獣は男と女のどっちにもなれるからな！』

「えっ……!?　どっちにもなれる？」

『そうなのじゃ！』

聖獣って凄いな。まぁ、だから聖獣なんだろうけど。

「この神眼ってずっとこのままなのか？　色々情報が見え過ぎて……目が疲れる」

『今使えるようになったばかりだからな。見えなくなるように、魔力を意識して使ってみ？』

見えなくなるように意識する？　難しいこと言うなぁ……？　うーん……うーん……？

『おっ、その感じだよ！』

今まで視界を埋め尽くしていたステータス表示がさっぱり消える。神眼の使い方、分かったかも？

「ありがと！　スバル！」

『大したことしてねーよっ』

ふふっ、照れて飛んで行っちゃった。

ふぅ……それにしても、今日は色々あり過ぎだな。疲れて移動する気がしない。夕食もここで食べて寝ようかな。

「よしっ、銀太ー！　頼みがあるんだ！　今から魔獣を狩ってきてくれないか？　もう肉が全くないんだ」

『任せるのだ！　美味い肉を狩ってこよう！』

『銀太！　どっちが沢山狩れるか競争だな！』

『ふぬぅっ、我は、負けんのだ！』

スバルがまた競争だと言い出した。

『あっしも負けねぇよ？』

『俺だって？』

それに加わる一号と二号……じゃなくて暁と樹か。うーん、ちょっと呼びにくいなぁ……。

とにかく、みんなは張り切って狩りに出た。

大丈夫か？　このパターンって、今までの感じだとヤバそうなんだけど……？

『ティーゴ？　どうしたの？　浮かない顔して』

「あれっ？　三号は行かなかったのか？」

『ティーゴを一人にしとけないでしょ？　私はお手伝いするわ』

「ありがと！　三号。じゃあみんなが帰って来るまでに、ご飯の準備を手伝ってくれる？」

『任せて？　私はあの中じゃ一番料理が得意なのよ？　ふふん♪』

三号が得意げに料理上手をアピールしてくる。

「フフッ、頼りにしてます♪」

自慢するだけあって、三号の料理の手際は最高だった……！

「凄いよ三号！　おかげで下準備は完了だ！　後はみんなの肉を待つだけだな」

『ふふっ……でしょう？　私はカスパール様とよく一緒に料理してたんだから！』

カスパール様の話をしている時の三号達は幸せそうだ。見ている俺も嬉しくなる。

『そういえば、どうして奏って呼ばないの？　ティーゴなら呼んでもいいって言ったのに』

「カスパール様もたまにしか呼ばなかった特別な名前なんだろ？　俺なんかが呼ぶのは気が引けてさ。もっと俺が成長して、ちゃんとした魔物使いになるまでは三号って呼ばせてよ」

『ふーん、よく分かんないけど、ティーゴがしたいようにすればいいと思うわ！　私達はどっちで呼んでもらっても嬉しいもの！』

そう言って笑う三号に、俺はほっとした。二人で話しながら待つこと三十分ほど。

『主～、ただいまー！』

『大量だぜ？』

『びっくりするぜ？』

銀太達が物凄いしたり顔で帰ってきた。何だろう……嫌な予感しかしない。

『主！　この戦利品は何処に置く？』

戦利品？　そうか……沢山狩ってたら、広い場所じゃないと置けないな。

「ようし！　この場所に出してくれ！」

料理場からはちょっと離れた場所に出してもらうことにした。

『じゃあ戦利品を出すのだ！』

ドサドサドサドサドサドサッ！

ドサドサドサドサドサドサッ！

どんどん魔獣の山が積み上がっていく……。
ドサドドサドサドサドサドサッ！
ドサドサドサドサドサドサッ！
え……これいつまで続くの？
ドサドサドサドサドサド……。
「ちょっ……ちょっと待った！」
俺は慌てて銀太を止める。
銀太のアイテムボックスからは、すでに夥しい量の魔獣が出てきていた。
『どうしたのだ？　まだまだ魔獣はあるのだぞ？』
まだまだあるって……!?
「お前達、いったいどれだけの魔獣を狩ってきたんだよ！」
『……ふうむ？　五十四までは数えてたが……後は分からぬ。フンスッ』
『だよなー！　競争してたんだけど分からなくなってよ？』
銀太にスバルよ……分からぬって。
今出してある魔獣だけで、百はゆうに超えてますよ？
『ワイバーンを沢山獲ってきたのだ！　前に主が欲しがっていたであろ？』
「ワイバーンを沢山だって!?」

改めて銀太達の戦利品を見ると、確かにワイバーンが何十匹と積み重なっていた。

『主？　嬉しいか？』

銀太が尻尾をブンブンと高速回転させて、褒めてもらえるのを待っている……。

「ブッッ……！」

ふとその横を見ると、スバルや一号二号達までチラチラと褒めて欲しそうに待っている。

この状況で褒めないのはダメだよな。

「銀太！　スバル！　一号！　二号！　貴重な肉をこんなに沢山ありがとうな！　俺は嬉しいよ！」

銀太とスバルは尻尾と翼を振り回して大喜びだ。

何だろう……人型なのに、一号二号の見えない尻尾がプリプリしているのも分かる。

「ようしっ！　今日はワイバーンの肉祭りだ！」

『『『『やったー！』』』』

『にっく祭り♪』

『肉祭り♪　肉祭り♪』

『楽しみだ♪　肉祭り♪』

聖獣達がそれぞれオリジナルの歌を歌って祭りを盛り上げ始めた。

そんなこんなで出来上がったワイバーンのステーキは、俺の特製ダレなしでも美味かった！　この世にあんなに美味い肉があるなんて……知らなかった。はぁ……幸せだ。

使わなかった肉はアイテムボックスに収納する。これで当分肉には困らないな。

「よしっ、お腹もいっぱいになったし、今日はもう寝るか！」

俺はイルさんから貰ったフカフカのマットを広げる。ジェラール商会の新商品らしい。この商品の凄いところは野外で使っても汚れないところだ。自動で綺麗にする魔道具が埋め込まれているそうだ。その話を聞くと、かなり高そうに思えるが……本当に貰って良かったのかな？

『主！　これ！　フカフカなのだ！』

銀太が早速マットの感触を確かめている。俺は、一号達用のマットもアイテムボックスから出す。

さぁ寝るぞ！　……と意気込んだところで、スバルが早速俺の腹の上に陣取る。銀太は枕元。卵はいつの間にか右腕の側に来ていた。

ん？　何だ？　一号達が俺に近付いてきた。

「ちょっと待て！　その姿だと一緒には寝ないからな」

ボンッボンッボンッ！

一号、二号、三号達が黒犬になって尻尾をプリプリしながら擦り寄ってくる。

結局……大きなマットを沢山貰ったのに、俺は聖獣に囲まれ、ギュウギュウで寝ることになった。

……仲間がこんなに増えるなんて、囮にされて捨てられた時には思ってもみなかったな。こんな未来が待っていたなんて……俺は今、最高に幸せだ。

【創造魔法】を覚えて、万能で最強になりました。
sozomaho wo oboete banno de saikyo ni narimashita.
クラスから追放した奴らは、そこらへんの草でも食ってろ！
Author
久乃川あずき
Kunokawa Azuki
アルファポリス第1回次世代ファンタジーカップ「面白スキル賞」受賞作！
役立たずにやる食料は無いと追い出されたけど——
なんでもできる【創造魔法】を手に入れて、
快適異世界ライフ！
七池高校二年A組の生徒たちが、校舎ごと異世界に転移して三か月。役立たずと言われクラスから追放されてしまった水沢優樹は、偶然、今は亡き英雄アコロンが生み出した【創造魔法】を手に入れる。それは、超強力な呪文からハンバーガーまで、あらゆるものを具現化できる桁外れの力だった。ひもじい思いと危険なモンスターに悩まされながらも元の校舎にしがみつく「元」クラスメイト達をしり目に、優樹は異世界をたくましく生き抜いていく——
●定価：1320円（10%税込）　●ISBN：978-4-434-29623-9　●Illustration：東上文
知ったこっちゃありません。

この作品に対する皆様のご意見・ご感想をお待ちしております。

おハガキ・お手紙は以下の宛先にお送りください。

【宛先】

〒150-6008 東京都渋谷区恵比寿4-20-3 恵比寿ガーデンプレイスタワー 8F
（株）アルファポリス　書籍感想係

メールフォームでのご意見・ご感想は右のＱＲコードから、
あるいは以下のワードで検索をかけてください。

アルファポリス　書籍の感想　検索

ご感想はこちらから

本書はWebサイト「アルファポリス」(https://www.alphapolis.co.jp/)に投稿されたものを、
改題、改稿、加筆のうえ、書籍化したものです。

お人好《ひとよ》し底辺《ていへん》テイマーがSSSランク聖獣《せいじゅう》たちともふもふ無双《むそう》する

大福金（だいふくきん）

2021年　12月　31日初版発行

編集ー矢澤達也・宮田可南子
編集長ー太田鉄平
発行者ー梶本雄介
発行所ー株式会社アルファポリス
〒150-6008 東京都渋谷区恵比寿4-20-3 恵比寿ガーデンプレイスタワー8F
TEL 03-6277-1601（営業）　03-6277-1602（編集）
URL https://www.alphapolis.co.jp/
発売元ー株式会社星雲社（共同出版社・流通責任出版社）
〒112-0005 東京都文京区水道1-3-30
TEL 03-3868-3275
装丁・本文イラストーたく
装丁デザインーAFTERGLOW
印刷ー中央精版印刷株式会社

価格はカバーに表示されてあります。

落丁乱丁の場合はアルファポリスまでご連絡ください。

送料は小社負担でお取り替えします。


ISBN978-4-434-29726-7 C0093